少女布莉達的恩賜

Brida

Paulo Coelho

保羅・科爾賀

陳佳琳——譯

啊，無玷受胎的瑪利亞，為那些向你求助的人禱告，阿門。

獻給 N.D.L. 感謝讓奇蹟成真
獻給克莉絲汀娜，她就是奇蹟之一
當然，也獻給布莉達

……或是一個婦人，有十塊錢，若失落一塊，豈不點上燈，打掃屋子，細細的找，直到找著麼。找著了，就請朋友鄰舍來，對他們說，我失落的那塊錢，已經找著了，你們和我一同歡喜吧。

〈路加福音・第十五章八到九節〉

警告

在我的小說《朝聖》中，我將自己從劇場學來的兩項作法取代了雷姆*的慣有作法。雖然嚴格來說，效果都一樣，但我的導師卻嚴厲斥責我。「方法或快或易，這無所謂；重要的是，傳統必須維持一貫，」他說。

為此，在《布莉達》提到的一些儀式，與數百年來敬拜月亮的傳統並無二致——此特定傳統需要的經驗與作為，在無人帶領的狀況下擅自進行非常危險，完全不建議，毫無必要，甚至可能就此阻礙個人的靈性追尋。

保羅・科爾賀

*編者按：據傳是天主教的分支教會，成立於一四九二年，以口授傳統傳遞知識，當中R代表堅毅，A代表崇敬，M代表慈悲。在作者的小說《朝聖》一書中，提到「雷姆」門徒有諸多練習如種子練習、呼吸練習等，來找到自我的平靜。不過，天主教會中沒有任何關於雷姆的文字紀錄，因此有人認為是保羅・科爾賀的虛構。

序言

我們經常在露德的一家咖啡館聊到深夜。當時我是羅馬朝聖大道的朝聖者，為了尋覓我的**恩賜**，仍然有好多天的旅程要走。她是布莉達·奧芬，負責那條朝聖大道的某一段。

某一晚，我問她是否記得自己曾經在大道上一處特定的修道院，有過無以倫比的心靈觸動，那間修道院座落在庇里牛斯山區星形小徑附近。

「我從來沒有去過那裡，」她回答。

我很驚訝。畢竟，她是個得到**恩賜**的人。

「條條大路通羅馬，」布莉達以這句古老諺語讓我知道，**恩賜**隨處都可被喚醒。「我是在愛爾蘭走我的羅馬大道。」

後來幾次見面，她一一訴說她的尋覓足跡。當她說完後，我問她我能否將它寫下來。

她一開始是同意的，但後來每次我們見面，她便不斷提出質疑。她要我將相關人名改掉；她想知道什麼樣的人會讀這本書，以及這些人會有什麼反應。

「我不知道，」我說，「但我不覺得這是妳真正想瞭解的癥結。」

「你說得對，」她說。「因為我認為這是很私人的經驗，也不太確定其他人能從中得到多少。」

這就是我們要承擔的風險，布莉達。有關**傳統**的一篇匿名文章提過，每個人在生命中，都可以抱持兩種態度：建造，或種植。建造者可能花了數年時間完成任務，有一天終於完成，卻發現自己困在砌好的磚牆。於是，任務一結束，他們的生命便沒了意義。

再來是種植者。這些人日日承受暴風雨與季節變遷，鮮少休息。但花園與建築物不一樣，它不會停止生長。它需要園丁的不斷關注，卻也讓園丁的生命成了一場了不起的探險之旅。

園丁們能認出彼此，因為他們知道，隨著每一株植物的成長，整個世界也隨之塑形茁壯了。

保羅・科爾賀

愛爾蘭

Ireland

一九八三年八月

一九八四年三月

夏與秋

「我想學習魔法，」女孩說。巫師看著她。褪色的牛仔褲，T恤，害羞內向者慣有的挑釁眼神，其實此時此刻最不需要的就是這種表情。「我的年齡至少是她的兩倍，」他想。儘管如此，他知道自己遇到了**靈魂伴侶**。

「我的名字是布莉達，」她接著說。「原諒我沒有自我介紹。我等這一刻已經很久了，沒想到自己會這麼緊張。」

「妳為什麼想學魔法？」他問。

「我希望能找到一些關於人生的答案，更瞭解神秘力量，也許能回到過去，走向未來。」

這不是第一次有人跑來森林問他這個問題。曾有一段時間，他是**傳統**中大家熟悉、備受尊敬的導師。他收了幾位弟子，深信如果自己能改變周圍的人，世界就能改頭換面。但他犯了錯。而傳統的導師沒有出錯的空間。

「妳不覺得妳太年輕了嗎？」

「我二十一歲了，」布莉達說。「如果我現在想學芭蕾，才會被嫌年紀太大。」

巫師示意她跟著他。他們一起默默走過森林。「她很美，」他心想。太陽在地平線上緩緩下沉，樹影迅速拉長移動。「但我的年齡是她的兩倍。」他很清楚這表示最終身心受盡折磨的人將會是他。

布莉達有點惱火，因為她身旁這個男人很沉默；甚至沒有考慮要客套，回應她最後一句話。林地潮溼，覆滿落葉；她同時注意到光影的變化與黑夜的迅速降臨。天很快就要暗了，但他們沒有手電筒。

「我必須信任他，」她告訴自己。「如果我相信他可以教我魔法，那麼我也得信任他能指引我順利走過森林。」

他們繼續往前走，感覺他在漫無目的地遊蕩，一下往東，一下朝西，任意改變方向，儘管前方道路不見任何障礙。他們已經不止一次在原地繞圈，經過同一個地點三、四次。

「也許他是在測試我。」她決心繼續跟到底，不斷說服自己這一切——包括原地打轉——都不過是最稀鬆平常的舉動。

她遠道而來，期待這次的相遇能讓她獲益良多。都柏林離此處約九十多英哩，坐到這裡的公車很不舒服，發車時間很荒謬。她得一大早起床，搭三小時的車，到處找村民問哪裡可以找到他，還得解釋她為何想找到這個奇特的傢伙。終於有人告訴她，白天時他約莫會在森林哪個地方出現，但也事先警告她，這傢伙曾經企圖引誘一名村裡的女孩。

「他很有趣，」她心想。他們現在正在往上爬，她發現自己希望太陽可以待在天上再久一點。她擔心自己會滑倒在潮溼的樹葉堆裡。

「妳到底為什麼想學習魔法？」

布莉達很高興沉默被打破了。她給了他之前相同的答案。

但他並不滿意。

「也許妳想學習魔法，只是因為它的神秘，因為它提供了一些人們一輩子幾乎都難以找到的解答，也有可能因為它喚起了一段浪漫的過去。」

布莉達什麼也沒說。她不知道該說什麼。她怕自己給了巫師他或許不喜歡的答案，現在她寧可他回到剛才無言、沉默的狀態。

∞

他們走過了整座森林，終於到達山頂。這裡的地面都是裸露的岩石，草木不生，至少沒那麼滑了，讓布莉達可以毫不費力跟隨巫師。

他坐在最高點，請布莉達也坐下。

「其他人也來過這裡，」巫師說，「他們也來請我教導他們魔法，我全數傾囊相授，我已經將人類社會給予我的一切還給了他們。如今，我只想獨自一人，爬山，照顧植物，與神交流。」

「這才不是真話，」女孩回答。

「什麼不是真話？」巫師驚訝地反問。

「你或許想與神溝通，但是你根本不愛獨處。」

話一說出口，布莉達就後悔了。她剛才過於衝動，現在糾正錯誤已經太遲了。也許有些人**就是**想獨處。也許女人需要男人的程度，更甚於男人需要她們。

但巫師再開口時，感覺並沒有被惹怒。

「我要問妳一個問題，」他說，「妳必須絕對誠實。假使妳說真話，我會盡一己之力，有問必答。如果妳撒謊，就再也不能回到森林。」

布莉達鬆了一口氣。他準備問她問題，她只需要說實話就行了。她原本就認為，導師在收弟子之前，會刻意刁難對方。

「假設我開始教妳我的所學，」他說，眼睛盯著她。「假設我開始向妳展示環繞我們的平行宇宙、天使、大自然的智慧、敬拜太陽與月亮的傳統。然後有一天，妳進城買食物，結果，在大街上遇見了妳的畢生摯愛。」

「我怎麼會知道該怎麼認出他，」她心想，但決定什麼也不說。這個問題比她想像得困難多了。

「他一樣會對妳心動，走到妳面前，兩人墜入愛河。妳繼續跟我學習。白天，我教導妳宇宙的大智慧，夜晚，他教導妳愛的智慧。但是，總會出現兩者無法並存的時刻，到時候，妳必須做出抉擇。」

巫師暫停了幾秒鐘。在他開始問問題之前，就已經害怕聽見女孩的答覆。今晚她來到這裡，正代表他與她兩人生命某個階段的結束。他很清楚，因為他很瞭解導師的傳統與意圖。他需要她，正如她需要他，但是她必須先誠實回答他提出的問題：這是唯一的條件。

「請妳誠實回答我的問題，」他終於說，這暴露出他的軟弱。「妳會甘願放棄之前學到的一切——魔法世界提供妳的奧秘與機會——只為了與摯愛相守一輩子嗎？」

布莉達眺望遠方。山巒與密林在她腳下，村莊的燈火才剛亮起；很快地，家家戶戶就要齊聚餐桌，共進晚餐。這是一群認真工作的人們，敬畏天神，盡己所能幫助鄰里親友。因為他們認識愛。他們的人生有其目的，他們深切理解宇宙運作的一切，無須知道什麼「敬拜太陽」或「敬拜月亮」的傳統。

「我認為我個人的歡愉與我的人生追求並不會產生矛盾，」她說。

「回答我的問題。」他的眼睛仍然緊盯著她。「妳會為那個男人放棄一切嗎？」

布莉達有種想大哭的衝動。這與其說是問題，不如說是要她選擇，相信這也是人一生中所要面臨最困難的抉擇。這問題其實她想過很多次。曾經有一段時間，她唯我獨尊，認為自己最重要。她有過幾任男友，也相信自己愛著他們，但愛會消逝。到目前為止，在她經歷的所有事情中，愛是最難的課題。前陣子，她愛上了一個比自己年長的男人；他正在研讀物理，對世界的看法與她截然不同。但又一次，她深信愛的能力，相信自己的感覺，但由於過去為愛失望太多次，她如今對自己也沒什麼把握了。這是她生命中最大的賭注。

∞

她繼續迴避巫師的目光。雙眼盯著村子及它閃爍的燈光。從遠古開始，人類便設法透過愛理解宇宙。

「我會放棄一切，」她最後說。

她認為面前的這個男人永遠不會理解人們在想什麼。此人或許深諳魔法的奧秘與力量，對人類卻所知不多。他的頭髮灰白，皮膚被太陽灼得發紅，從體型和步伐看起來很習慣在山區行走。他非常吸引人，眼神背後是了然一切的靈魂，他將再次對凡人的七情六慾感到失望。

她也對自己失望，但她不能說謊。

「看著我，」巫師說。

布莉達很慚愧，但還是服從了他。

「妳說了實話。我會當妳的導師。」

∞

黑暗降臨，星星在無月的夜空閃耀。布莉達花了兩小時對這位陌生人敘述她的人生故事。她想用事實證明自己對魔法的興趣——童年幻象、奇異預感、內心的召喚——但老實說，她什麼也沒有。她只是認為自己需要知道魔法，如此而已。也因此，她曾經跑去上占星術、塔羅牌與靈數學。

「那些都不過是語言，」巫師說，「卻不是唯一。魔法能說出人類心靈的所有語言。」

「所以魔法究竟是什麼？」

即使在黑暗中，布莉達也能察覺巫師轉過頭，他仰望天空，全神貫注思考，也許是在尋找答案。

「魔法是一座橋樑，」他終於說，「讓你從可見的世界走向無形，同時學習這兩個世界提供的課題。」

「我要如何學會過橋？」

「妳必須找到自己的方式，人人不同。」

「所以我才來這裡。」

「有兩種形式，」巫師回答。「**太陽傳統**透過空間與我們周遭的世界，教導我們各種奧秘，**月亮傳統**則利用時間與囚禁在歲月記憶的事物教導我們。」

布莉達懂了。前者是此時此刻的夜晚、樹木、讓她渾身發抖的寒冷、空中的繁星。後者是她面前的男人，因為先祖智慧在他眼中閃閃發亮。

「我學過月亮傳統，」巫師說，彷彿讀出她的心思。「但我從來就不是能傳授它的導師，我屬於太陽傳統。」

「那麼請教導我太陽傳統，」布莉達說。她有些不安，因為她察覺巫師的聲音帶著一絲溫柔。

「我會教妳我學到的，但敬拜太陽有許多方式。人必須相信自己，才能自學。」

布莉達是對的，巫師的聲音**真的**帶著一絲溫柔。這無法讓她放心，反而讓她嚇壞了。

「我知道我有能力理解太陽傳統，」她說。

巫師不再凝視星星，而是專注在年輕女子身上。他知道她尚未準備好學習太陽傳統，但他必須傾囊相授。有些弟子會自行選擇導師。

「在第一堂課前，我想提醒妳一件事。」他說。「一旦妳找到自己的道路，不要害怕。妳需要有足夠的勇氣犯錯。失望、挫敗與絕望是神用來指引道路的工具。」

「奇怪的工具，」布莉達說。「似乎只會讓人們不願意繼續。」

巫師清楚這些工具的目的，因為他曾經飽受這一切對他身心的折磨。

「教我敬拜太陽的傳統，」她堅持。

∞

巫師要求布莉達往後靠著岩石，放輕鬆。

「沒有必要閉上雙眼。看看妳周遭的世界，設法吸收理解。太陽持續向每個人揭示永恆智慧。」

布莉達聽從巫師的指令，但她覺得他步調太快了。

「這是第一堂也是最重要的一課，」他說。「這是由一名西班牙神秘學家創立，此人深深理解信仰的意義。他的名字是聖十字若望。」

他望著女孩急於信任的臉龐。在他心裡，他祈禱她會明白他必須教她的內容。畢竟，她是他的**靈魂伴侶**，即使她還不知道這一點；即使她還很年輕，對世界的人事物神迷嚮往。

在黑暗中，布莉達勉強看見巫師的身影走回森林，消失在她左側的樹林間。她很害怕被單獨留在此地，但她努力放鬆。這是她的第一堂課，她不想表現出自己的緊張。

「他接受我當他的弟子。我不能讓他失望。」

她對自己很滿意，也很訝異一切進展得如此神速。當然她從來不曾懷疑自己的能力——她很以自己為傲，以及目前為止發生的一切。她確信巫師在附近某處觀察她的反應，看她是否真有本事學習魔法的第一課。他提到勇氣，因此，儘管她很害怕——生活在岩石下的毒蛇、蠍子開始出現在她的想像中——她也必須勇敢。等一下他就會回來替她上第一堂課了。

「我是個堅定果斷的女人，」她屏息告訴自己。她有幸與他人或愛或敬的男人在一起。她回顧當晚，想起自己在他的聲音中聽出一絲柔情。「也許他覺得我很有趣，甚至想和我做愛。」這次的經驗也許不會太糟；但他的眼神確實有點奇特。

「真是花痴，」她到這裡是想要尋覓一些非常真實的事物——一條通往知識的道路——突然間，她卻把自己當成了女人。她設法不再思考這個問題，才意識到巫師已經離開她很長一段時間了。

她開始恐慌；她聽遍了人們對此人全然矛盾的觀點。有人說，他是他們見過最強大的導師，只須靠思緒就足以改變風向，穿透雲層。布莉達對這種超能力無比景仰。

∞

但其他人——在魔法世界邊緣，不得其門而入的人們，也曾經與她上過同樣的課程——言之鑿鑿告訴她，他是黑巫師，曾利用暗黑力量摧毀一個男人，只因為自己愛上了對方的妻子。所以，儘管他身為導師，卻註定要在孤獨寂寥的森林遊蕩。

「也許孤獨令他更加癲狂，」布莉達這麼想，心中再度惶惶不安。她可能年輕，但她深知孤獨對人的傷害，特別是當他們變老之後。她認識一些因為再也無法對抗孤獨，從此失去生命光采的人們，這些人最終對寂寥上穩，他們多半認定世界沒有意義，沒有色彩，於是，他們只能日夜談論別人犯下的錯誤。他們的疏離孤單交由世界評判，最終的判決散落到四面八方，只容在乎的人傾聽。或許巫師也因為孤單發瘋了。

突如其來的聲響嚇得她跳起來，她的心跳加速。之前的自信早已不見，她環顧四周——什麼都沒有。恐懼從她的胃部蔓延到全身。

「我必須控制自己，」她想，但這是不可能的。毒蛇、蠍子與童年夢魘中的妖魔鬼怪開始出現在她眼前。布莉達害怕得無法保持冷靜。另一個畫面出現了：一位與魔鬼達成協定的巫師，將她當作供品。

「你到底在幹嘛？」她如今已經不在乎他人對她的觀感。她只想離開這裡。

沒人回答。

「我想離開了！幫幫我！」

四周唯有森林以及它傳出的各種奇特聲響。布莉達因為害怕而頭暈目眩，感覺自己隨時就要昏倒。但是不行，她很確定他絕對不在附近，倒下來幫不了自己，她必須掌控局面。

這麼想讓她意識到自己必須冷靜下來。「我不能大叫出聲，」她對自己說。她的哭喊或許會吸引其他住在森林的男人，而生活在荒地的男人有可能比任何野生動物更危險。

「我信念堅定，」她輕聲自言自語。「我有神的信念，我相信我的守護天使，祂帶我來這裡，留在這裡陪伴我。我無法解釋祂的模樣，但我知道祂離我很近，使我免於讓腳碰到石頭上。」

最後一句話來自她小時候所學的詩篇，她已經好幾年沒有想起它了。是她最近才去世的奶奶教導她的。希望奶奶也在這裡的念頭一出現，她馬上感受到一股友善靈的存在。

她開始明白危險與恐懼之間存在著很明確的區別。

「住在至高者隱密處的……」有一首詩篇是這樣開始的。她這才發現，現在它們逐字逐句回到了她腦中，就好像奶奶正在複誦給她聽。她背誦了一段時間，沒有間斷，心中仍然害怕，卻越來越平靜。她別無選擇：要不就相信神，相信她的守護天使，要不就陷入絕望失落。

她感應到一個想要保護她的靈體存在。「我需要信任祂。我不知道該如何解釋，但祂確實在這裡。祂會陪我一整夜，因為我不知道要怎麼找到路離開。」

當她還是個孩子時，有時會半夜驚醒。她爸爸會抱著她走到窗前，給她看看他們住的城鎮。他會跟她談談守夜人，已經出門送牛奶的牛奶工，還有正在做麵包，讓他們每天都能吃到美味麵包的師傅。爸爸想要藉此趕走充斥在她夜晚惡夢的怪獸，告訴她在黑夜中，仍然有一群人努力在看守他們的生活。「夜晚只是一天的一部分罷了。」他說。

夜晚只是一天的一部分罷了。所以，儘管在黑夜，她也會感覺自己沐浴在光亮之中，是黑暗讓她召喚出那充滿保護的存在。她一定要信任祂。這種信任，就是**信仰**。沒有人理解**信仰**為何物，但當下她真切感受到了，在最漆黑的深夜裡也無所不在。祂之所以存在，是因為她有信念。同樣無法解釋的，還有奇蹟，它們也為信任它們的人類而存在。

「他確實說了一些關於第一堂課的話，」她心想，突然意識到當下的一切。那想要保護她的靈體存在是因為她的信念才會出現。好幾小時精神緊繃，布莉達快要虛脫了。她努力讓自己放鬆，一分一秒過去，被保護的感覺更強烈了。

她有信仰。信仰不會讓森林再次被蠍子、毒蛇吞沒。信仰會讓她的守護天使保持清醒，持續看望。

她靠回石頭上，不知不覺睡著了。

她醒來時已經天亮，美麗的晨曦點亮她周圍的一切。她覺得有點冷，衣服很髒，但她的靈魂歡欣鼓舞。她獨自在森林過了一整夜。

她四處尋覓巫師的蹤跡，才意識到自己應該找不到他。他一定是在森林散步，試圖「與神交流」。他也許想知道前一天晚上來見他的女孩是否夠勇敢，可以學習太陽傳統的第一堂課。

「我認識了**黑夜**，」她對寂靜的森林說話。「我瞭解了，尋找神就等於**黑夜**，**信仰**也是**黑夜**，這沒什麼好驚訝的，畢竟對我們而言，每一天都是黑夜。誰也不知道下一分鐘會發生什麼事，但我們仍持續往前。因為我們相信。因為我們擁有**信仰**。」

或者，誰知道呢？也許只因為我們看不見下一秒的奧秘。這都不重要了。重要的是，她已經有所領悟。

生命中的每一刻都是信仰的展現。

你可以選擇用毒蛇或蠍子或更強大的保護力填滿每一分每一秒。

信仰難以解釋。它就是**黑夜**。她唯一能做的就是決定是否接受。

布莉達看了手錶，發現天色已晚。她還得趕著搭上公車，坐三小時，想出足以讓男友信服的藉口；他一定無法相信她獨自在森林待了一整夜。

「這太難了！太陽傳統！」她對森林大喊。「我要做我自己的導師！這實在超出我的預期！」

她望向下面的村莊，回想昨天那條帶著她穿越樹林的小路，決定就此啟程。但是，她先轉向那顆大岩石，吼道：

「還有，你是個很有趣的人！」

∞

巫師靠著一棵老樹幹，目送女孩消失在林間。他聽見了她的恐懼，在黑夜裡聽見了她的哭聲。他一度想過去擁抱她，保護她，不願她驚懼受怕。告訴她不需要這樣挑戰自己。

現在他卻慶幸自己沒有這麼做，他很驕傲儘管女孩年輕迷惘，卻證實了她的確是他的靈魂伴侶。

都柏林市中心有一間專門販賣神秘學書籍的書店。它從未在報章雜誌打廣告，到那裡的讀者全是口耳相傳推薦而來，店主也很開心上門的都是獨特專業的客群。

儘管如此，書店仍然天天爆滿。布莉達早就聽說它，終於從她正在上的天體學課程老師那兒拿到書店地址。某天傍晚下班後，她總算找到書店，她很滿意。

此後只要有時間，她就到那裡看書，但是她一本書也沒買過，因為它們都是很昂貴的進口書。她認真翻閱，研究裡面的設計與符號，本能積累所有細節，將它們轉化成自己的知識。自從她與巫師打交道後，她變得更謹慎。有時她會自怨自艾，認為自己只搞懂了她早就理解的東西，感覺自己錯過了生命中其他更關鍵的事物，假使她繼續下去，只會一遍遍重複同樣的經歷。但是她又找不到勇氣改變。她需要不斷努力探索自己的道路；她體驗了**黑夜**，很清楚自己再也不願意再探索其中。儘管她對自己不甚滿意，但她確實覺得自己也有無法超越的極限。

看書安全多了。書架上放著幾百年前的論文復刻版；這個領域沒有人敢提出新的論點。在書頁中，遙遠異國的神秘知識，彷彿總是帶著微笑，靜待每一代人類的努力挖掘。

除了看書，布莉達到書店還有一個重要原因——觀察其他讀者。有時，她會假裝讀一些嚴肅的煉金術文章，但事實上，她正細細觀察那裡的男男女女，他們多半比她年長，都是常客，似乎總是知道自己要走到哪些書架挑書。她甚至設法想像他們私底下的生活。有些人看起來很睿智聰明，足以喚醒凡人一無所知的力量。其他人則像是拚命想要重新發現他們早已忘卻的答案，沒有了這些答案，生命便毫無意義了。

她還注意到常客會與店主聊上幾句。他們的議題都很奇特，例如月相、岩石質地、以及某些儀式用語的正確發音。

一天下午，布莉達鼓起足夠勇氣做同樣的事。她下了班，那天辦公室一切順利，她想自己或許該充分利用當天的好運。

「我知道有秘密社團。」她認為這是很好的開場白。強調自己的確「知道」一些事。

店主只是從他的帳簿抬起頭，有點訝異地盯著她。

「我有見過**人民的巫師**，」布莉達有點掃興，不知道該如何繼續。「他對我解釋**黑夜**。他告訴我，智慧之路表示不要害怕犯錯。」

她注意到店主現在比較專注了。如果巫師肯教她一點皮毛，那她一定很特別。

「如果妳知道**黑夜**就是那條道路，為什麼還需要看書？」他終於開口，她馬上發現提到巫師好像不太恰當。

「因為那不是我想學習的。」

∞

店主更仔細端詳站在他面前的年輕女子。雖然她有**恩賜**，但詭異的是，**人民的巫師**竟然會在她身上花這麼多時間。這背後一定還有別的原因。她可能在撒謊，但她確實提到了**黑夜**。

「妳常來店裡，」他說。「妳總是翻了幾本書，卻什麼也沒買。」

「太貴了，」布莉達說，她認為他想繼續聊。「但我看過一些別的，還上過一些課。」

她告訴他課程老師的名字，希望讓對方印象深刻。

又一次，事情不如她預期。店主打斷她，轉而替另一位客人服務，對方想知道自己訂購的書來了沒，一本介紹未來一百年行星位置的年鑑。

店主檢查櫃檯下的包裹。布莉達看見包裹上貼著世界各地的郵票。她越來越緊張。一開始的愚勇已經找不到了，但她無路可走，只能耐心等待那位顧客檢查包裹，然後付錢、收下找的零錢，最後離開。一直到那時，店主才再次轉向她。

「我不知道接下來該怎麼辦，」布莉達說，眼睛充滿淚水。

「妳擅長什麼？」店主問。

「追求我相信的，」是唯一可能的答覆；她一生都在追求她相信的。唯一的問題是，她每天相信的事物都不盡相同。店主在帳簿寫了個名字，將那張紙撕下來，握在手裡。

「我要給妳一個地址，」他說，「以前的人們將魔法經驗視為理所當然，當時沒有牧師，也沒有人會追查神秘教派的秘密。」

布莉達不知道他是不是在指她。

「妳知道什麼是魔法嗎？」

「是現實世界與無形世界之間的橋樑。」

店主將那張紙遞給她。上面有個電話號碼以及一個名字：薇卡。

布莉達抓起那張紙條，謝謝他之後就離開了。走到門口時，她回頭說道：「我也知道魔法會說多國語言，甚至是書店老闆的語言，你可能假裝不願意幫忙，事實上卻非常大方友善。」

她送給他一個飛吻後便消失了。店主頓了一下，環視自己的店面。「原來**人民的巫師**教了她這些，」他心想。無論**恩賜**有多棒，都不足以引起巫師的興趣。一定還有其他動機。薇卡會挖掘出來的。

該打烊了。店主發現近來客群有點變化。他們越來越年輕，正如那些擠滿書架的古老論文預言，一切終於開始回到最初的原點了。

這棟老房子在市中心，這一區通常只會出現尋求一絲絲十九世紀浪漫主義，念古懷舊的觀光客。布莉達整整等了一星期才讓薇卡同意見她，現在她正站在一棟神秘的灰色建築外面，努力壓抑自己的興奮。建築物完全如她想像：就是那間書店的讀者會選擇的住所模樣。

這裡沒有電梯。她緩緩爬上樓梯，免得等她抵達自己想要的樓層時已氣喘吁吁，到了目的地後，她按了那裡唯一的門鈴。

裡面有隻狗開始吠叫。過了一會兒，一位苗條優雅又嚴肅的女子將門打開。

「我之前打過電話聯絡，」布莉達說。

薇卡示意要她進去，布莉達發現自己走進一間漆成全白的客廳，四處可見現代藝術的影子——牆上的畫作、桌面擺設的雕塑與花瓶。戶外光線從潔白無瑕的窗簾滲了進來。室內巧妙分為不同區域，足以容納沙發、餐桌與藏書充足的圖書室。這是極致品味的最佳展現，讓布莉達想起自己曾在書報攤看過的裝潢設計雜誌。

「這肯定花了不少錢，」她心想。

薇卡帶著布莉達走進寬敞的客廳，此處有兩張用皮革與鋼管打造的義大利躺椅。椅子中間有張低矮的玻璃桌。

「妳很年輕，」薇卡開口。

她沒必要誇讚對方身材如芭蕾舞者了，因此布莉達沒有回答，等著看薇卡還要說什麼，也想知道現代前衛的設計怎麼會出現在如此老舊的建築物裡。她尋求知識的浪漫憧憬再次受到衝擊。

「他打電話給我，」薇卡說，布莉達知道她指的是書店老闆。

「我來找一位導師，我想走上魔法之路。」

薇卡看著布莉達。她顯然擁有**恩賜**，但她也需要知道為什麼**人民的巫師**對她如此感興趣。光有**恩賜**還不夠。假使巫師對魔法不夠熟悉，或許有可能會因為**恩賜**如此顯著地出現在年輕女子身上而訝異，但他已經活得夠久，知道人人都有**恩賜**。這種陷阱不至於讓睿智的他一腳踩進去。

她站起身，走到書架前，拿起她最喜歡的一副牌。

「妳知道怎麼排嗎？」

布莉達點頭。她上過幾堂課，知道女人手裡拿的是塔羅牌，共有七十八張牌。她學過許多不同的排列方式，也很樂意有機會可以炫耀她的知識。

但女人沒有將牌交給布莉達，她開始洗牌，把它們面朝下，不按照特別的順序放在玻璃桌上。這與布莉達上過的課不一樣。女人盯著牌許久，用一種奇怪的語言說了幾句話，翻開其中一張牌。

二十三號。梅花國王。

「最好的保護者，」她說。「一位強壯有權力的黑髮男子。」她的男朋友既不強壯也不居高位，巫師頭髮也是灰色的。

「不要去想外貌，」薇卡說，彷彿懂得讀心術。「想想妳的**靈魂伴侶**。」

「什麼『**靈魂伴侶**』？」布莉達很訝異。女子讓她肅然起敬，但這種尊敬又與她對書店老闆或巫師的感覺不一樣。

薇卡沒有回答問題。她再次洗牌，隨機將牌放在桌上，只是這一次牌面朝上。中間那張是十一號牌：女子掰開獅子的嘴。

薇卡拿起牌，要布莉達拿著。布莉達照做了，雖然不知道對方到底想要她做什麼。

「在妳的幾次前世中較為堅強的時刻，妳始終是個女人。」薇卡說。

「妳提到的『**靈魂伴侶**』是什麼意思？」布莉達又問。這是她第一次挑戰這個女人，儘管如此，她的語氣也太怯弱了。

薇卡沉默了一會兒。腦海中浮現質疑——出於某種原因，巫師並沒有告訴女孩

靈魂伴侶是什麼。「沒道理，」她在內心告訴自己，隨即將此心聲置之不理。

「**靈魂伴侶**是人們想瞭解『月亮傳統』時，必須學會的第一件事，」她說。「唯有知道自己的**靈魂伴侶**，我們才能理解知識是如何隨著時間推移而傳播。」

薇卡繼續解釋，布莉達保持沉默，心裡卻越來越急切。

「人類是永生的，因為我們都是神的化身，」薇卡說，「因此我們才會經歷這麼多生死輪迴。我們從未知處出現，最終又走向另一個未知。這是妳必須習慣的事實，因為在魔法之中，有許多東西從過去、現在到未來永遠不會被詳加解釋。神決定以某種方式做某些事，背後的前因後果是只有祂才知道的秘密。」

「**信仰的黑夜**，」布莉達心想。原來它也存在於月亮傳統。

「事實是，這種情況常常出現，」薇卡接著說。「當人們想到轉世投胎，總會遇到一個非常困難的問題：如果一開始，地球沒有太多人，到了今日，已經有數十億人口，那麼，所有這些新靈魂從何而來？」

布莉達屏住呼吸。她早已問自己這個問題太多次了。

「答案很簡單，」薇卡說，停下來賣個關子，吊年輕女孩的胃口。「在特定的轉生中，我們會一分為二。我們的靈魂正如星辰、水晶、細胞與植物，也會迸裂爆炸。

「我們的靈魂分裂之後，這些新的靈魂又一分為二，就這麼過了好幾代，最終分散居住在地球的大部分地區。」

「其中只有部分的人知道自己的來處嗎？」布莉達問。她有很多問題要問，但她只想一次問一個問題，這個問題似乎最重要。

「我們成了煉金師口中所謂的『萬物之靈』，也就是世界的靈魂。」薇卡說，沒有直接回答問題。「如果萬物之靈只是繼續分裂，便會持續增長，但力道也會逐漸變弱。這就是為什麼，除了一分為二，我們也會找到自己。這個尋找自己的過程，便叫做愛。因為當靈魂分裂時，總是分為男與女。

「《創世紀書》也是這樣解釋的：亞當的靈魂一分為二，夏娃就此誕生。」

薇卡突然住了嘴，看著散落桌上的塔羅牌。

「這裡有好多牌，」她說，「但它們全是同一疊塔羅牌的一部分。為了理解它們要傳達的訊息，每一張都同樣重要。靈魂也是如此。人類彼此牽絆、相互關聯，正如這疊牌。」

「在每一次的人生，我們總會隱約感受自己需要找到至少一位**靈魂伴侶**的義務。將我們分開的**大愛**也樂於見到再次把我們聚集在一起的愛能重新出現。」

「但我怎麼知道自己的**靈魂伴侶**是誰呢？」布莉達認為這是她這輩子問過最重

要的問題了。

薇卡笑了起來。她曾經問過自己同樣的問題，與對面這位年輕女子同樣焦慮急切。你可以從對方眼中的光芒，分辨對方是否為自己的**靈魂伴侶**。從遠古開始，人們就是如此認出自己的真愛。月亮傳統使用的是另一套程序：一種既視感，在你的**靈魂伴侶**左肩上，會出現一個光點。但是她還不會告訴女孩；或許總有一天，她也會看見那個光點，也有可能永遠不會。她很快就會得到答案。

「甘冒風險，」她對布莉達說。「知道承受挫敗、失望與幻滅的風險，卻永遠不停止追尋真愛。只要妳持續尋覓，勝利終究屬於妳。」

布莉達記得巫師提到魔法之路時，也說過類似的話。「也許就是在講同樣的事，」她心想。

薇卡開始整理塔羅牌，布莉達察覺自己的時間快結束了。然而，她還有一個問題要問。

「所以一生中，有可能認識超過一個以上的**靈魂伴侶**嗎？」

「是的，」薇卡帶著苦澀的心情回想。當這種情況發生時，心會碎裂成兩半，帶來極致的痛苦折磨。是的，我們可能遇見三、四名**靈魂伴侶**，因為我們人數眾多，散居各地。年輕女子問的問題都很精準，但她必須避免直接給予回答。

「創造的本質是一對一，」她說。「這個本質就是愛。愛讓我們重新團結在一起，更為了能凝聚散落在世界許多角落的人類經驗。

「我們對地球負責，因為我們不知道**靈魂伴侶**在哪裡。他們其實從亙古時期便已經存在，假使他們過得好，我們也會開心，如果他們不愉快，我們也會難受，甚至在潛意識中，感同身受他們的苦痛。最重要的是，我們有責任重新相遇，在每一次的轉世化身中至少見上一次面，這位**靈魂伴侶**終究會與我們相遇，儘管只是片刻也罷，當下它會帶來強烈鮮明的愛，讓我們足以用餘生回味。」

狗在廚房吠叫。薇卡收拾好塔羅牌後，又看向布莉達。

「我們當然也可以容許**靈魂伴侶**與我們擦身而過，不曾接受他或她，甚至不曾注意到對方的存在。然後，我們便需要用下一次的轉世化身找到那位**靈魂伴侶**。由於我們的自私，我們將飽受人類為懲罰自身所發明的最嚴重折磨：孤獨。」

薇卡站起來，帶布莉達走向門口。

「妳不是來這裡認識妳的**靈魂伴侶**，」她在道別前說，「妳有**恩賜**，只要我知道那是什麼，或許就能教妳月亮傳統。」

布莉達受寵若驚，她需要有這種感覺，因為這名女子激發了她極少對他人持有的尊重崇敬。

「我會盡力而為。我想學習月亮傳統。」她想，「因為，月亮傳統不要求人獨自在黑暗森林過夜。」

「聽我說，」薇卡開始嚴格規定。「從今天開始，每天妳自己選一小時，獨自坐在桌子前，像我一樣隨意排列塔羅牌。不要試圖理解什麼。只需研究牌就好。它們會教導妳需要瞭解的一切。」

「這就像太陽傳統，只不過我又得自學，」當布莉達走下樓梯時，心想。直到她坐上公車，才想起女人提到「**恩賜**」這兩個字。但是她想，等下一次見面再來討論它吧。

整整一星期，布莉達每天用半小時的時間在客廳桌子排塔羅牌。她十點鐘上床睡覺，鬧鐘設定在凌晨一點。起來之後，她會弄一杯即溶咖啡，坐著思考牌法，設法破解它們隱藏不說的語言。

第一天晚上她非常興奮。布莉達深信薇卡教導她的是某種秘密儀式，因此她試圖以同樣的方式排列塔羅牌，期待會得到一些奇妙訊息。半小時後，除了一些出自她個人豐富想像力的微弱幻覺，她完全沒有取得任何重大揭示。

第二天晚上她也依樣畫葫蘆。薇卡曾說，這些塔羅牌會敘述自己的故事，從布莉達曾經參加的課程看來，那些確實都是遠古的故事傳說，甚至可以追溯到三千多年前，當時的人類離渾沌初始的智慧更加接近。

「這些圖片看起來很簡單，」她想。一個女人強行掰開獅子大嘴，一輛四輪車被兩隻神秘的動物拉著，一個男人坐在一張桌子前，桌上滿是雜物。她被教導過，塔羅牌是一本書，聖靈智慧早已在裡面記錄生命主要的更迭變化，但它的作者知道人類比較容易從惡中記取教訓，於是創作了這本神聖之書，以遊戲形式傳予後代。塔羅牌就是眾神的發明。

「不可能這麼簡單，」布莉達每次將牌鋪在桌面時，心裡便這麼想。她學習過各種繁複牌陣與精密體系，因此，這些不按牌理的塔羅牌讓她的理智全亂了陣腳。

第三天晚上，她憤怒地將牌丟在地板上。當下，她還認為自己生氣的原因或許出自某些獨特靈感，但結果同樣令人不滿意，她得到的仍然只是一些難以解釋的浮光掠影，她將它們全部視為個人想像。

與此同時，關於**靈魂伴侶**的想法一直沒有離開她。一開始，她感覺自己彷彿回到青春期，夢想著一位白馬王子穿山越嶺，只為了尋找穿玻璃鞋的女孩；或是為了用吻喚醒睡美人。「尋找**靈魂伴侶**這種事只會出現在童話故事中，」她半開玩笑地對自己說。童話帶著她初次體驗神奇魔幻的宇宙，現在的她更渴望走進去。她不止一次納悶人們為何最終會選擇遠離它，畢竟它為他們的童年帶來無與倫比的喜悅。

「或許他們對喜樂愉悅的感受仍然不滿意，」她認為這麼想有點荒謬，但仍然將它記錄在日記上，當作自己「開創性」的想法。

花了一整個星期沉迷於**靈魂伴侶**的思緒後，布莉達被一種可怕的感覺淹沒：萬一她選錯人了怎麼辦？第八天晚上，當她再次醒來，進行無謂的塔羅牌冥想後，她決定隔天找男友吃晚餐。

她選了一間相對便宜的餐廳，因為他每次都堅持付帳，但他在大學當物理教授研究助理賺的錢，比她當秘書少很多。現在還是夏天，他們坐在河邊人行道的一張餐桌。

「我比較想知道神靈什麼時候才打算讓我再跟妳同床，」洛倫幽默地說。

布莉達溫柔地看著他。她要求他這兩星期不要到公寓找她，他同意了，只是抗議得有點認真，讓她知道他有多愛她。他也正以他的方式試圖瞭解宇宙的奧秘，如果有一天，他要她遠離他兩星期，她也必須答應。

他們不疾不徐地用餐，多半是安靜坐著，凝視過河船隻以及在人行道漫步的人們。桌上的白酒被清空了，他們又叫了一瓶。半小時後，他們將椅子拉近，手挽著手，抬頭望著夏夜星空。

「妳看天空，」洛倫說，一面撫摸她的頭髮。「我們現在看到的是幾千年前天空的模樣。」

他們初次見面的那一天，他也是這麼告訴她的，但布莉達選擇不打斷他——他總是這樣與她分享他的世界。

「這些恆星有許多已經死了，然而它們的光仍然充滿宇宙。其他星星離我們很遠，它們的光甚至還沒有抵達地球。」

「所以沒有人知道真正的天空是什麼模樣？」當時她也問了同樣的問題，但重複回味這美好的時刻感覺很棒。

「我們不知道。我們只研究我們看得到的，但我們眼底所見並不總是一直存在。」

「我想問你一件事。我們由什麼構成？構成我們身體的原子又從何而來？」

洛倫抬頭看著古老天空說道：

「它們與這些星辰及這條河一起出現。就在宇宙存在的第一秒。」

「所以，在那第一秒之後，就沒有添加其他東西了？」

「沒有，什麼都沒有。一切都在變動，持續變動，不斷改變，沒有停歇。但宇宙如今存在的物質都與數十億年一模一樣，就連一個原子都沒有被加入其他物質。」

布莉達望著河水汩汩流動，抬頭仰望天上的星辰。河流的移動很容易觀察，但要看到星星在天空中的變化卻難上加難。但兩者的變動從未停歇。

「洛倫，」長時間的沉默之後，她終於開口。「我問一個聽起來很荒謬的問題：構成我身體的原子有可能在我之前，存在於曾經活在地球上的某人體內嗎？」

洛倫驚訝地盯著她。「什麼意思？」

「這有可能嗎？」

「它們可能出現在植物或昆蟲身上，或者也可能變成氦分子，離地球數百萬哩遠。」

「但前人肉體的原子確實有可能出現在我或他人的體內？」

他一時沒說話，最後回答：「是的，沒錯。」

∞

遠方飄來悠揚的樂聲，它來自一艘橫渡河面的駁船，大老遠布莉達就能看見一名水手站在點了燈的窗戶後面。這首曲子讓她想起自己的少女時代；它帶著學校舞會的回憶、她臥室的氣味、她用來綁馬尾的絲帶顏色。布莉達發現洛倫之前從未想過她剛才提出的問題，也許在那一刻，他也想知道自己的身體是否也有維京戰士、爆炸後的火山，或神秘絕種的史前動物原子。但她的思緒早就跑得老遠。她唯一想知道的是：曾經溫柔擁抱她的男人，是否也曾經是自己的一部分？

駁船越來越近，音樂無所不在，其他餐桌的對話也停了，人人都想找出聲音來源，因為大家都曾經有過那段青澀歲月，參加過學校舞會，擁有過戰士與仙女的美夢。

「我愛你，洛倫。」

布莉達衷心希望，在這位對於繁星光芒瞭解甚深的年輕男人身上，能找到一丁點過往的她的蛛絲馬跡。

「太難了，我做不到。」

布莉達從床上坐起來，伸手要拿床頭櫃的香菸。這完全違背了她的習慣，但她今天決定就要在早餐前來一支菸。

離她下次與薇卡見面還有兩天。她知道過去兩星期自己盡了全力。她將所有的期盼寄託在那位美麗又神秘的女子教導她的排牌方式，她努力不讓對方失望，但是那些牌完全拒絕透露自己深藏的秘密。

前三晚練習結束後，她想大哭一場。她覺得很脆弱、孤單，彷彿最佳機會就這麼從她指尖流失。又一次，她認為生命並沒有平等對待她，它給了她機會實踐，但就在她快接近目標時，大地轟隆打開，將她一口吞噬。這就是她讀書時常有的遭遇；與某些男友交往時也會有這種經驗；還有一些她從未與任何人分享的夢想。她想到巫師。或許他可以幫助她。但是她已經答應自己，她只有在認識足夠的魔法後，才會回去面對他。

現在看起來應該永遠不會成真了。

∞

她在床上躺了很久，決定起床做早餐。最後，她鼓起需要的勇氣與決心，重新面對另一天，自從經歷了森林那一晚後，這就是她認定的「每日面對的**黑夜**」。她準備好咖啡，看看手錶，發現自己時間還夠。

她走到書架前，在書本間尋找書店老闆給她的那張紙。為了安慰自己，她心想：還有其他的路可走。她見過巫師，也見了薇卡，到最後，她也能遇見一個以她所能理解的方式，教導她的人。

但她知道這些都是藉口。

「我做事情總是虎頭蛇尾，自己起了頭，又輕易放棄，」她心酸想著。也許生命很快就會意識到這一點，不再一遍遍向她展示同樣的機會。或者，正因為她總是在剛開始時就選擇放棄，她早已用盡所有可能的道路，連邁出第一步都沒機會了。

但這就是她，她總覺得自己越來越軟弱，也越來越難以改變。幾年前，她會為自己的行為感到沮喪，但至少，她偶爾還會有英雄般的作為；而現在，她卻開始適應自己的錯誤。她也認識其他會這麼做的人——他們習慣自己的過失，不用太久，便將這些當做自己的優點。到那時，一切就太遲了。

她考慮不打電話給薇卡，直接人間蒸發。但是書店怎麼辦？她再也沒有勇氣回去了。如果她搞失蹤，老闆下次就不會那麼客氣。「以前發生過。由於對某人過於輕率，我最終與自己真正關心的人失聯。」她不能這麼做。她走的這一條路，很難找到值得認識、保持聯絡的人們。

∞

她把自己武裝起來，撥通紙上的電話號碼。薇卡接了電話。

「我明天不能去，」布莉達說。

「不，水電工也不能來，」薇卡回答。一時間，布莉達完全不知道這女人在說什麼。

然後薇卡開始抱怨廚房水槽的問題，以及她是如何跟人約了好幾次，找對方來修理，但他從來沒出現。她滔滔不絕講了老房子的故事，說它們看起來可能氣勢十足，但其實有各種管線問題。接著，在她與水電工人的糾葛間，薇卡突然問：

「妳手邊有塔羅牌嗎？」

驚訝的布莉達回答說她有。薇卡請她將牌放在桌上，因為她要教布莉達如何用塔羅牌找出水電工明天是否出現的方法。

布莉達此時更訝異了，但她還是照做，她排好一張張塔羅牌，眼神空洞地坐在桌旁，等待話筒另一端的指示。解釋自己何以打電話的勇氣已經逐漸消失了。

薇卡還在說話，布莉達決定耐心聽她說。也許她們會成為朋友。也許到那時，她會更加寬容慷慨，並為布莉達展示更容易理解月亮傳統的方式。

此時薇卡正從前一個話題延伸到下一個話題，結束一連串對水電工的抱怨後，她開始描述自己如何與大樓管理單位爭論保全的薪水。然後她繼續發表自己對於老人年金的心得。

布莉達敷衍咕噥幾聲，但幾乎沒有在聽。一股可怕的無趣單調感籠罩了她。這是一位她幾乎不認識的女人，聽她嘰哩呱啦提到水電工、保全與老人年金，尤其是在一大早，真是她這輩子經歷過最無聊的事情。她設法用桌上的塔羅牌分散自己的注意力，尋找一些自己以前從未注意的細節。

薇卡偶爾還會問她有沒有在聽，她會喃喃回答「有」，但心思早已飛到十萬八千里，神遊自己從來沒去過的國度。塔羅牌上的種種細節似乎也在推動著她，陪她一步步展開旅程。

突然間，彷彿踏進一場夢境，布莉達意識到自己再也聽不見薇卡說話。有個**聲音**，一個似乎來自內心的**聲音**——但她知道它來自外在——開始對她耳語。「妳懂嗎？」布莉達說她懂。「妳明白了嗎？」那神秘的**聲音**又問。

這不重要了。她面前的塔羅牌開始呈現如夢似幻的場景：擁有古銅油亮的肌肉男，全身只見一件丁字褲，還有人戴著巨大的魚頭面具。雲層在空中飛快移動，萬物的速度都超乎尋常，場景突然轉到一處廣場，四周環繞壯觀的建築物，幾位老人急著對一群少年講述秘密，彷彿害怕某些古老的知識就要永遠散佚。

「加上七和八，就是我的電話號碼。我是魔鬼，我簽了交易，」一名身穿中古世紀服裝的男孩在一場看起來像是慶典的場合說道。醉酒的男女朝她微笑。場景再次轉為大海，波浪退去，海床上露出由岩石打造的寺廟，然後天空被烏雲覆蓋，被一道道刺眼的閃電穿透。

有一扇沉重如古堡的大門打開。它持續朝布莉達逼近，她覺得自己伸手就可以打開它了。

「回來吧，」聲音說。

「回來吧，」電話裡的聲音說。是薇卡。她打斷了布莉達非凡的經歷，只因為想要她繼續聽她抱怨保全與水電工，這讓布莉達很惱怒。

「等一下，」她說。她還在努力找到那扇門，但一切都消失了。

「我知道發生了什麼事，」薇卡告訴她。布莉達呆住了，非常震驚。她不明白剛才究竟在幹什麼。

「我知道發生了什麼事，」薇卡又說，回應布莉達的沉默。「我不會再提水電工了。他上星期來過，把東西都修好了。」

掛斷電話之前，她說她期待布莉達準時赴約。

布莉達放下電話，沒有說再見。她盯著廚房牆壁許久，開始陣陣抽泣，卻感受到前所未有的解脫。

「那是個把戲，」當她們再次坐進義大利製的高級扶手椅時，薇卡如此告訴害怕的布莉達。

「我懂妳的感覺，」她繼續。「有時我們朝一條小路前進，單純只因為我們不信任它。這就夠了。我們必須做的就是證明它不適合我們。偏偏當一切開始運作，小路對我們揭露自己的真面目時，我反而更恐懼持續往下走。」

薇卡說她不明白為何這麼多人選擇用一輩子摧毀他們甚至不想走的路，而不願走上一條真正能帶領他們前往某處的道路。

「我無法接受一切全是在耍我，」布莉達抗議。她失去了傲慢鄙夷的氣勢。她越來越尊敬薇卡了。

「不，不是，不是那些畫面在耍妳，耍妳的是電話。數百萬年來，我們只能與自己看見的人交談。然後，在不到一個世紀內，『看』與『說』突然分開了。現在我們倒是習以為常，毫無意識它對我們的反射動作有重大衝擊。其實，我們的身體仍然無法習慣。

「因此實際狀況便是，我們講電話時，會進入一種類似精神恍惚的狀態。我們的心思進入另一個頻率，對無形世界接受度更廣。我認識一些女巫們會在電話旁邊放筆和紙，當她們與人講電話時，會做著塗鴉，畫一些看來沒什麼意義的圖案。電話掛斷後，她們會發現自己的『塗鴉』往往是月亮傳統的圖騰。」

「但為什麼塔羅牌會對我透露這麼多呢？」

「這是想學習魔法的人最大的問題，」薇卡回答。「當我們踏上這條路時，總想清楚認識自己想找的東西。女人通常在尋找自己的靈魂伴侶，男人則尋找權力。雙方對學習都不感興趣。他們只想達到自己設定的目標。

「但魔法之路——就像生命之路——永遠是神秘的。學習意味著接觸自己一無所知的世界。為了學習，人必須謙卑。」

「就像一頭栽進**黑夜**，」布莉達說。

「不要打斷我。」薇卡幾乎掩飾不了自己的不悅，但布莉達知道這不是因為她說的話。「也許她是在生氣巫師，」她心想。「可能她曾經愛過他。他們年齡相仿。」

「對不起，」她說。

「沒關係。」薇卡似乎對自己的反應也很驚訝。

「妳剛才提到塔羅牌。」

「妳排列塔羅牌時，總是會有先入為主的概念，認定接下來會發生的事。妳從來不讓它們講述自己的故事；妳是讓它們確認妳自己的想像。

「我們開始講電話時，我也意識到這一點。我發現那是一個跡象，而電話就是我的盟友。於是，我開始了一段非常無聊的談話，要妳同時看著塔羅牌。妳因為講電話陷入恍惚，牌則帶著妳進入它們充滿魔力的世界。」

薇卡建議下一次布莉達看見有人在講電話時，好好觀察他們的眼神。她絕對會訝異自己所見。

「我還想問別的東西，」在那間意外好用的現代化廚房喝茶時，布莉達說。

「我想知道妳為什麼不讓我放棄這條路。」

「因為，」薇卡想，「我想知道巫師在妳身上看見了什麼，從妳的**恩賜**又得到了什麼。」但她說出口的是：「因為妳有**恩賜**。」

「妳怎麼知道？」

「很簡單，從妳的耳朵。」

「我的耳朵！這麼掃興！」布莉達心想，「我還以為看得到我的光暈。」

「人人都有**恩賜**，但有人的**恩賜**原本就比其他人發達——像我還得為了好好善用**恩賜**格外努力。有**恩賜**的人生來耳垂就很小巧。」

布莉達本能摸摸耳垂。是真的。

「妳有車嗎？」沒有，她沒有。

「那就準備花一大筆錢搭計程車吧，」薇卡站起來。「我們該進行下一步了。」

「事情進展非常迅速，」布莉達心想，一面隨之起身。她的人生開始看起來像是她恍恍惚惚中瞥見的天空雲彩了。

下午三、四點時，兩人來到都柏林以南約十五英哩的山區。「我們本來可以搭公車過來的，」布莉達付車錢時自顧自地碎念。薇卡帶了一個包以及一些衣服。

「假如妳們想要，我可以等，」司機說。「這裡很難叫車，鳥不生蛋的。」

「別擔心，」薇卡回答，布莉達鬆口氣。「我們總是能得到自己想要的。」司機丟給她們一個奇特的眼神，就把車子開走了。她們站在一片樹林前，它一路延伸到最近的山腳。

「請求允許進入，」薇卡說，「森林之靈最欣賞有禮貌的人。」

布莉達也按照薇卡的指示開口請求對方許可。剛才看起來尋常的森林，突然間彷彿被賦予了生命。

「設法保持在連接現實與無形世界的橋樑上，」她們走過樹林時，薇卡說道。「宇宙萬物皆有生命，妳必須盡全力與它保持聯繫。一旦它懂得妳的語言，世界在妳眼中，也會開始改頭換面。」

布莉達很訝異地發現薇卡動作敏捷，雙腳彷彿懸浮在地面上，幾乎沒發出任何聲響。

她們走到一處空地，附近有塊大岩石。她開始想像岩石為何出現在此地，布莉達也注意到空地上有火堆餘燼。

這裡很美。現在離傍晚還有好幾小時，溫暖的陽光將夏日的午後染得金黃。鳥兒婉轉啼唱，微風吹得樹葉沙沙作響。她們已經爬得相當高，讓她可以好好遠眺地平線。

薇卡從包裡拿出一件斗篷，放在衣服上。然後她把袋子放在樹林邊，一處從空地看不見的地方。

「坐下，」她說。

薇卡變得不太一樣。布莉達不確定是因為斗篷或自己出自內心對她的尊重才造成的效果。

「首先我必須解釋我要做什麼。我會找出妳的**恩賜**如何體現在妳身上，一旦我比較認識**它**了，我就可以開始教妳了。」

薇卡要布莉達嘗試放鬆，臣服於此處的美，就像她對塔羅牌屈服一樣。

「在妳的某一次前世，妳踏上了魔法之路。我從妳描述的塔羅牌幻象看出這一點。」

布莉達閉上雙眼，但薇卡要她再次睜開眼睛。

「充滿魔法的國度總是美得令人屏息，足以讓人靜默沉思。瀑布、山脈與森林都是地球之靈，與我們玩耍、歡笑及交談。妳在神聖之地，享受鳥兒與微風，因此妳必須感謝神，感謝鳥兒、微風以及棲息於這片森林的靈魂。繼續待在連接現實與無形世界的橋樑上。」

薇卡的聲音讓布莉達更放鬆。此時此刻，她對薇卡的尊敬已經近乎宗教式的崇拜。

「那一天，我跟妳提到魔法的一大奧秘：**靈魂伴侶**。地球上的人類終其一生都在尋覓**靈魂伴侶**。人們或許會假裝追求智慧、金錢或權力。但那些都不重要，所有的物質成就若是沒了**靈魂伴侶**，就什麼也不是。

「除了從天使降至凡間的生物——以及那些需要獨處才能與神相遇的人們——其餘人類只有在生命的某個時刻，設法與**靈魂伴侶**交流時，才得以與神結盟。」

布莉達注意到空氣中有股奇特的能量。基於某種無法解釋的原因，她的眼睛充滿淚水。

「在黑夜時分，當我們被迫分開時，其中一部分將負責強化與維護知識：男人。他需要理解農業、自然與星辰運作。知識得以讓宇宙亙久不變，繁星在軌道行進的能量。這是男人的榮耀——強化與維護知識。也是全體人類生存的關鍵。

「女人的責任則更微妙精細，但沒了它，知識就毫無意義，那就是轉化。男人讓土壤肥沃，我們播種，土壤轉化出大樹與植物。

「土壤需要種子，種子需要土壤。兩者必須相遇才有存在的意義。人類也是如此，當男性的知識遇上女性的轉化時，偉大、神奇的結盟便出現了，它的名字就是智慧。智慧代表理解與轉變。」

布莉達注意到風勢越來越強勁，薇卡的聲音再次帶著她進入冥想。森林之靈似乎充滿活力與意圖。

「躺下來，」薇卡說。

布莉達往後躺，伸長雙腿。她頭頂上是深沉無雲的湛藍天空。

「去尋找妳的**恩賜**。我今天不能與妳同行，但不要害怕。妳越瞭解自己，就會越瞭解世界。也能離妳的**靈魂伴侶**越近。」

薇卡跪地凝視年輕女子。「她就像我當年，」她心疼地想著。「尋找萬物的意義，又能以舊時代堅強自信的婦女的角度看待世界，更樂於統治自己的族人。」

然而在當時，神是女人。薇卡俯身對著布莉達，解開她牛仔褲的皮帶，然後將拉鍊拉到一半。布莉達肌肉緊繃。

「別緊張，」薇卡安撫她。

她拉起布莉達的T恤，露出肚臍。然後，她從斗篷口袋掏出一塊石英水晶，放在布莉達的肚臍上。

「現在我要妳閉上雙眼，」她溫柔說。「我希望妳想像天空的顏色，但眼睛不要睜開。」

她從斗篷取出一小塊紫水晶，放在布莉達的雙眼之間。

「從現在開始，聽我的話，不要胡思亂想。妳正處於宇宙的中心，看得見周圍的繁星以及更明亮的行星。全心體驗這美景，因為它唾手可得，不是畫作，也並非出現在螢幕上。盡情享受能在宇宙沉思冥想的快樂，不需要無謂的擔心。只需要專注於自己的喜悅。不必為此感到內疚。」

∞

布莉達看見璀璨的星空，意識到自己可以一面聽薇卡說話，一面踏步走進去。聲音要她想像宇宙中央一座巍然教堂。布莉達真的看見了以暗色石磚砌成的哥德大教堂，儘管看起來很荒謬，但教堂彷彿也成了周圍宇宙的一部分。

「走到大教堂前，走上台階。然後進去。」

布莉達聽從薇卡的指令。她走上大教堂台階，注意到自己是赤腳踩在冰冷的石頭地板。她一度感覺身邊有人，薇卡的聲音也彷彿來自走在她後面的某個人。「我開始過度想像了，」布莉達心想，突然憶起那座連接現實與無形世界的橋樑。她一定不能害怕、失望或挫敗。

布莉達站在大教堂門前。它是一扇巨大無比的鑄鐵物件，上面裝飾了諸位聖徒的一生，與塔羅牌帶領她展開的那趟旅程截然不同。

「打開門走進去。」

布莉達的手心感受到冰冷的門把。儘管門很大，但很輕易就打開了。她走進去，發現自己置身於寬敞的教堂內。

「留意妳四周的一切，」薇卡說。雖然外面很暗，但光線從教堂巨大的彩繪玻璃窗中流洩而入，讓她看得見座椅、小祭壇、裝飾圓柱以及幾支點燃的蠟燭。但不知為何，這裡卻給人一種荒蕪廢棄感。一排排座椅全都覆滿了灰塵。

「走到左邊。妳會看見另一扇門，但這一次是一扇小門。」

布莉達穿越教堂，清楚意識到自己赤腳踩在塵土滿布的地板，感覺很不舒服。某處有個友善的聲音正在引導她。她知道那是薇卡，但她也知道自己再也無法主宰她的想像力。她有意識，卻不得不服從她聽到的指令。

她找到門了。

「進去吧。裡面有一道往下的螺旋樓梯。」

布莉達得彎下腰才走得進去。樓梯牆上釘著幾支火把，照亮了台階。階梯很乾淨。有人先進來點燃了火炬。

「妳就要出發尋找自己的前世，這座大教堂的地窖有一間圖書館。我們現在就是要去那裡。我會在樓梯下等妳。」

布莉達一路往下走，她早就失去時間感，不知道自己在那裡多久了，這令她有點頭暈。等到她終於走到樓梯底部時，薇卡正披著斗篷站在那裡。布莉達輕鬆多了，這樣一來，她比較有安全感。她整個人還是恍恍惚惚的。

樓梯對面又開了一扇門。

「我要留妳一個人在這裡。我會在外面等。選好一本書，它會讓妳看見妳需要知道的一切。」

布莉達甚至沒注意到薇卡已經不在。她凝視灰塵厚重的書冊。「我真的應該常常來這裡，好好打掃一番。」她的過去是一團亂，而且不受重視，她也因為自己沒有好好唸過一本書而感到難過。也許它們都包含早被遺忘的重要課題，她早就該好好運用自己的人生。

她看看書架上的書。「前人的生活，」她心想。如果她的前世有這麼古老，那麼她本該更有智慧。她希望自己能好好看一看這些書，但她時間不多，她必須相信自己的直覺。反正現在她知道路，可以隨時回來了。

她站了一會兒，不知道自己該挑選哪本書。最後她隨機選了一本。這本書不厚，布莉達拿了書，坐在地上。

她把書放在腿上，又怕打開後發現裡面根本沒什麼，怕她甚至無法詮釋字裡行間的意義。

「我需要冒險。我需要體驗挫敗的恐懼，」她打開書時，心想。瞥了書頁一眼，她開始頭暈。

「我要昏倒了，」在一切黑下來之前，她仍奮力想著。

醒來時，有水滴在她臉上。她做了一個奇特且難以理解的夢，有飄浮在空中的大教堂以及塞滿書的圖書館。但是她從來沒去過什麼圖書館。

「蘿妮，妳還好吧？」

不，她不好。她感覺不到她的右腳，她知道這很不妙。她也不想說話，因為她不想忘記那場夢。

「蘿妮，醒醒。」

她一定是發燒了，神智不清，然而她在幻想中看到的畫面又是如此強烈真實。她希望一直呼喚她的人住嘴，因為夢境稍縱即逝，她快來不及領會它的意義了。

天空烏雲密布，雲層很低，幾乎碰到城堡最高的塔樓。她仰望著雲朵，沒看見星星；根據牧師的說法，就連星辰也不見得美好。

雨在她睜開眼睛前就停了。蘿妮很高興有下過雨，因為這表示城堡的水塔可以填滿。她緩緩將目光從雲轉移到塔上，看向中庭的火堆以及周遭走動的迷茫的人們。

「塔博，」她輕聲呼喊。

他摟著她。她感覺到他冰冷的盔甲以及他髮上的煙硝味。

「過多少時間了？今天是哪一天？」

「妳已經睡三天了。」

她看著塔博，覺得很心疼。他更瘦了，臉色陰鬱，皮膚暗沉。這都沒關係——因為她愛他。

「我渴了，塔博。」

「沒有水了。法國人找到了秘密通道。」

她又聽見腦子的**聲音**。有很長一段時間，她總是討厭那些**聲音**。她的丈夫是戰士，是傭兵，一年到頭大部分的時間都出外征戰，她最害怕**聲音**會告訴她他戰死沙場。她已經找到不讓**聲音**跟她說話的方法。她只需要專心觀察村莊附近一棵老樹就好。她發現每次這麼做，它們就會安靜。但現在她太虛弱，於是它們又回來了。

「妳就要死了，」**聲音**說。「但他會沒事的。」

「可是，下雨了，塔博，」她說。「我需要水。」

「只下了幾滴雨。根本不夠。」

蘿妮再次抬頭凝視雲層。它們一整個星期都在那裡，除了遮蔽陽光，什麼也沒做，只讓這個冬天更加嚴寒，城堡更為陰森。也許法國天主教徒是對的。也許神確實站在他們那一邊。

幾名傭兵過來了。到處都在起火，蘿妮突然有種置身地獄的感覺。

「牧師把大家聚集在一起了，長官，」其中一人對塔博說。

「我們是受雇要戰鬥，不是要送死的，」另一個人說。

「法國人提供我們投降的條件，」塔博回答。「他們說，改信天主教的人可以安然離開。」

「純潔派不會接受的，」**聲音**對蘿妮低語。她懂。她很瞭解純潔派。他們是她之所以在這裡，而不在家裡的原因，她通常會在家等塔博回來。純潔派已經被圍困在城堡長達四個月，這段時間，村裡的婦女們利用連接村莊與城堡的秘密通道，將食物、衣服與彈藥送進去；藉此見到自己的丈夫，還能持續奮戰。然而現在秘密通道已經被發現，她回不了村莊，其他姊妹也沒辦法。

她想坐起來。她的腳不痛了。**聲音**告訴她，這是另一個壞兆頭。

「他們的神不干我們的事，我們不會因此送命，長官。」另一名士兵說。

城堡內開始響起鑼聲。塔博站了起來。

「拜託你帶我一起走，」她懇求。塔博看著他的同伴，再回頭望著躺在他面前顫抖的女人，頓時不知該如何是好。他手下習慣戰爭，他們知道戀愛中的戰士會在戰火激烈時躲起來。

「我要死了，塔博。請帶我一起走，拜託。」

一位傭兵瞥了塔博一眼。

「她不應該被獨自留在這裡，」他說。「法國人可能會再次開火。」塔博假裝同意。他知道法國人不會這麼做。雙方已經呼籲彼此停戰，談判蒙塞居城的投降。但傭兵們明白塔博的心：他也是戀愛中的男人啊。

「他知道妳會死，」**聲音**對蘿妮說，塔博輕輕抱起她。蘿妮不想聽**聲音**說了些什麼；她正在回憶有一天，也像這樣走著，那是夏日午後的麥田。當時她也一樣口渴，他們一起在山澗喝水。

∞

一群男人、士兵、婦女與兒童聚集在蒙塞居要塞西牆附近的岩石旁。空氣中瀰漫著壓抑的沉默，蘿妮知道，這不是出於對牧師的尊重，而是害怕即將面臨的命運。

牧師來了，他們人數眾多，全都穿著黑色斗篷，上面繡著一個巨大的黃色十字架。他們坐在岩石上，也有人坐在台階，或是塔樓地面。最後一位到達的牧師滿頭白髮，他爬上石牆的最高點，他的身影輪廓被火焰照亮，強風緊攫他的斗篷。

幾乎每一位在場的人全都跪了下來，大家往前俯身彎腰，雙手合十祈禱，朝地面敲三次響頭。塔博和他的傭兵團依舊站立。他們是被雇來打仗的。「我們已經獲准投降。」牧師說，「大家都可以自由離開了。」

人群間傳來響亮的解脫嘆息聲。

「屬於另一位神的靈魂將持續留在這個世界的國度。屬於真神的靈魂將回到祂無限的憐憫中。戰爭會繼續，但不是永恆，因為另一位神終將被擊敗，即使有些天使已經被祂腐化了。另一位神將被征服，但不會被毀滅；祂會亙久徘徊在地獄，隨同那些祂設法誘惑的靈魂。」

人們瞪著站在高牆上的老人。他們現在不太確定自己如今是否想逃，然後永遠受苦。

「純潔派教會才是真正的教會。」牧師說，「感謝耶穌基督與聖靈，我們實現了與神的交融。我們不需要轉世。我們不需要回到另一位神的國度。」

蘿妮注意三名手持聖經的牧師站了出來。

「現在。那些希望和我們一起死去的人，要進行堅信禮。熊熊火焰在下方等待。死法將會極其慘烈痛苦，緩緩讓人嚥氣，火舌就要吞噬灼燒你的肉體，這種折磨絕對不同於任何你以前經歷過的一切。然而，並非你們每一個人都會享受這種尊榮，只有真正的純潔派信徒才值得接受。其他人，將終身帶著罪孽苟活。」

兩位女子怯弱地走到拿著聖經的牧師前。一個十幾歲的少年掙脫母親的懷抱，加入她們。

四名傭兵走近塔博。「我們想接受聖禮，長官，我們想受洗。」

「傳統就是這樣存續下來的，」**聲音**說。「因為人們願意為理念而死。」

蘿妮等著塔博的決定。傭兵們一輩子都為錢打仗，直到遇見這群為他們自認的真理奮戰的人們。

塔博終於點頭同意，儘管這代表他會損失幾名精英手下。

∞

「我們走吧，」蘿妮說。「我們也去牆邊。他們說，想離開的人隨時可以走。」

「我們最好休息一下，蘿妮。」

「妳會死的，」**聲音**再度低語。

「我想看庇里牛斯山。我想再看一次山谷，塔博。你知道我會死的。」

是的，他知道。他早已習慣戰場，所以他能分辨哪種傷口將為士兵帶來死亡。蘿妮的傷口已經長達三天沒有癒合，這早已讓她的血管充滿毒素，傷口遲遲沒癒合的人可能能撐兩天或甚至兩星期，但接下來就凶多吉少了。

蘿妮就快死了。她已經不再發燒。塔博知道這也是個壞徵兆，只要腳仍然很痛，持續發燒，表示身體仍然在努力打仗。如今，戰鬥已經結束，現在只是時間的問題罷了。

「妳不怕，」**聲音**說。不，蘿妮不怕。即使還是個孩子，她也知道死亡只是另一個開始。當時**聲音**一直是她最棒的玩伴，它們有臉、身體與手勢，只有她看得見。他們是來自不同世界的人；他們跟她說話，從不讓她感到孤單。她有一個非常有趣的童年，與其他孩子玩耍，卻能利用她看不見的朋友移動物品，發出奇怪的聲音，讓她的同伴都嚇壞了。她媽媽很高興他們住在純潔派教區——她常說，「如果天主教徒在這裡，妳會被活活燒死的。純潔派教徒對這種事不以為意；他們深信善即是善，惡即是惡，宇宙沒有其他力量能扭轉善惡。」

然後法國人來了，聲稱世界上根本沒有純潔派這種東西，從八歲起，她眼底所見，只有戰爭。

戰爭為她帶來一件非常棒的東西：她的丈夫，他受雇於某些偏遠教區的純潔派牧師，因為他們自己從來不拿武器。但它也帶來了一些糟糕的事物：害怕被活活燒死，因為天主教徒正朝她的村莊靠近。她開始擔心她的隱形朋友，它們也逐一從她的生命消失了。但是，它們的**聲音**還在。它們會繼續告訴她即將發生的事情，她應該如何處理，但她不想要它們的友誼，因為它們總是知道太多了。然後，有一個**聲音**教她想著那棵老樹，從上一次針對純潔派教友的戰役開始後，她便一直沒有聽到**聲音**。同時，法國天主教徒則繼續贏得一場又場的戰役。

然而，今天她沒有力氣去想老樹了。**聲音**都回來了，她不介意。相反地，她很需要它們。在她嚥下最後一口氣時，它們指引她方向，讓她知道該走哪一條路。

「不要擔心我，塔博。我不怕死，」她說。

∞

他們到達牆頂。冰冷無情的強風陣陣吹襲，塔博將斗篷拉得更緊。蘿妮再也不覺得冷了。她能看到地平線上一處小鎮的燈火，以及山腳下軍營的火堆。在山谷底部，到處都可見火堆。法國士兵正在等待最後決定。

笛子樂音從下方飄上來，伴隨著歌聲。

「是士兵，」塔博說。「他們知道自己隨時可能送命，所以對他們而言，生命就是一場漫長的慶典。」

蘿妮突然對人生感到憤怒。**聲音**告訴她，塔博會遇見其他女人，生兒育女，靠著他從城市掠奪的戰利品致富。「但他永遠不會像愛妳那樣愛任何人，因為妳永遠成為他的一部分了，」**聲音**說。

蘿妮和塔博手挽著手，站在牆上凝視下方風景，傾聽士兵歡唱。蘿妮感覺這座山過去應當也是其他戰爭的戰場，往事過於遙遠，連**聲音**都不記得了。

「我們是永恆的，塔博。我還看得見**聲音**的肉體與臉孔時，它們告訴我的。」

塔博知道妻子的**恩賜**，但她已經很久沒有提過。也許是發燒的緣故。

「然而，此生不會與下輩子或前輩子一樣。也許我們再也不會見面，我要你知道，我這輩子都深愛著你。甚至在遇見你之前，我就愛著你了。你是我的一部分。

「我就要死了，看來明天也是跟平日一樣，是個離開世界的好日子，我想要隨著牧師離開。我從未理解他們對世界的看法，但他們一直都懂我。我想陪他們進入來世。我或許可以當一個很優秀的嚮導，因為我之前就去過那些世界。」

蘿妮想到命運是多麼諷刺。她一直害怕**聲音**，因為它們可能會帶著她走上一條前往炙熱烈火的道路，但此時此刻，熊熊火焰就在那裡等她。

塔博凝視他的妻子。她的眼神越來越黯淡，然而她仍然擁有當初吸引他注意的獨特魅力。有些事情他從未告訴她，那些作為他戰爭戰利品的女人，那些他行遍世界認識的女人，那些期待他有一天會回到她們身邊的女人。他沒有告訴她，因為他確信，她什麼都知道，卻也原諒了他，因為他是她最偉大深刻的愛，遠超過這世界一切的人事物。

但還有些事他從未告訴她，她可能永遠不會知道：她、她的感情以及她的歡樂，在很大程度上，幫助他重新發現生命的意義，她的愛驅策他走遍天涯，因為他需要變得富有，購入土地，與她一起平順度過餘生。他對這脆弱的生物堅定了信念——儘管她的生命正迅速消逝——讓他驍勇善戰，因為他知道，在奮戰之後，他可以在她懷裡忘卻戰爭的血腥恐怖，還有，儘管他認識許多女子，只有在她懷裡，他才能放心閉上雙眼，如孩童一樣，安然入睡。

「去叫牧師吧，塔博，」她說。「我想受洗。」

8

塔博猶豫了一會兒。只有戰士才能選擇自己的死法，但這女人卻為了愛犧牲性命，也許對她而言，愛就是一種特殊的作戰形式。

他站起來，沿著牆上階梯走下，蘿妮試圖專注下方的音樂，這樣讓死亡簡單多了。此時，**聲音**繼續說話。

「每個女人一生中，都可以善用她們的四只啟示戒，妳只用了一只，卻是錯的那一個。」它們說。

蘿妮看著她的手指。它們龜裂得厲害，指甲很髒。上面沒有指環。**聲音**笑了。

「妳知道我們的意思，」它們說。「童女、聖人、殉道者與女巫。」

蘿妮心裡知道**聲音**在說什麼，但她早已不記得它的意義。她很久以前就聽說過，當時人類穿著打扮與現在不同，對世界的看法也不一樣。那時她另外有一個名字，也說另一種語言。

「它們是四種女人得以與宇宙交流的方式，」**聲音**說，彷彿要她回憶這些古老的事物至關緊要。「童女擁有男人和女人的力量。她註定孤獨，但孤獨會揭示她的秘密。這是童女付出的代價——不需要任何人，因為愛別人而氣力耗盡，透過**孤獨**，又能發現世界的智慧。」

蘿妮還在看下面的營地。是的，這些她都知道。

「殉道者，」**聲音**接著說，「殉道者擁有那些不被痛苦折磨傷害的力量。她屈從投降，受苦受難，透過**犧牲**，發現世界的智慧。」

蘿妮再次看向她的手。就在那裡，隱隱約約發光的，正是環繞她手指的殉道者指環。

「妳本來可以選擇聖人的啟示指環，儘管它並不適合妳，」**聲音**說。「聖人擁有施捨給予的勇氣，他們等於是人們可以不斷汲取的無底水井。即使井底乾涸了，聖人會提供她的血，這樣別人就永遠不會口渴了。透過**臣服**，聖人發現了世界的智慧。」

聲音安靜了。蘿妮聽見塔博走上石階。其實她知道這一世，她應該戴哪一只指環，因為在她所有的前世中，她戴的都是同一只指環，當時的她也有其他的名字，說著其他語言。戴上那只指環，世界的智慧是通過**歡愉**發現的。但她現在不考慮那些，那只隱形的殉道者指環正在她的手指閃耀。

塔博走近了，突然間，在她凝視他時，蘿妮注意到黑夜散發著一種魔幻般的光芒，彷彿此刻陽光明媚。

「醒醒，」聲音說。但那是她從來沒有聽過的聲音。她感覺有人在揉她的左手腕。

「快點，布莉達，快起來。」

她睜開眼睛，又馬上閉起來，因為天空的光線太強了。死亡真是一種奇特的東西。

「睜開眼睛，」薇卡說。

但她需要回到城堡，她愛的那個男人去找牧師了。她不能就這麼跑掉。他獨自一人，他需要她。

「告訴我妳的**恩賜**是什麼。」

薇卡沒有給她時間思考。她知道布莉達才剛得到一段非凡獨特的經歷，遠遠超過塔羅牌給予她的體驗。但她仍然沒有給她時間思考。薇卡不理解也不尊重她的感情；她一心只想知道布莉達的恩賜。

「談談妳的**恩賜**吧，」薇卡堅持。

布莉達深吸一口氣，抑制自己的憤怒，但她無法脫身，這女人不會放棄，直到布莉達告訴她她想知道的。

「我是個戀愛中的女人……」

薇卡迅速捂住她的嘴。然後，她站起來，在空中做了幾個奇怪的手勢，轉身面對布莉達。

「神就是妳的語言。在任何情況、任何時候，妳說話都一定要謹慎小心。」

布莉達不明白薇卡為什麼會這樣。

「神展現在一切人事物中，但言語是祂最喜歡的工具與方式，因為它能帶來人心的悸動；之前妳投射到周遭的一切，只能算是能量罷了。妳一定要謹言慎行，」薇卡再一次強調。「言語比儀式更有力量。」

布莉達仍然不懂。她只能靠言語描述自己的經歷啊。

「當妳談到女人時，」薇卡解釋，「妳不能把自己當作那個女人。妳是她的一部分。其他人很可能跟妳有相同的記憶。」

布莉達有種被剝奪的感受。那女人太強勢了，她不想和任何人分享她。此外，還有塔博。

「談談妳的**恩賜**吧，」薇卡又說一遍。她不能讓女孩被這次體驗弄得眼花撩亂。這類的時光旅行問題很多。

「我有很多要說，我需要和妳談談，因為沒有人會相信我。拜託妳。」布莉達哀求。

她開始訴說一切，從雨滴掉落臉上的那一刻開始。她有過機會，她不能浪費，終於有機會認識某個同樣相信非凡經驗的人。她知道不會有人以同樣的尊重傾聽她的話，因為人們害怕發現生命其實充滿魔力。他們已經習慣自己的屋子、工作、期望，如果某天有人突然出現，表示有機會展開一趟時光旅行，看見飄浮在宇宙間的城堡、會講故事的塔羅牌，以及懂得走過漆黑黑夜的人們，他們會覺得自己被生命騙了。因為對他們而言，生活每天如常，每天、每晚、每週，從來沒有任何改變。

所以布莉達才需要把握機會。假使言語是神，那麼就讓她周遭的空氣記錄她曾經回到過去，而且清晰記得每一個細節，彷彿它便發生在這座林地。如果，事後有人企圖向她證明那一切沒有發生，時間與空間開始令她懷疑一切，甚至連她也深信那是幻想時，今天晚上她曾經在樹林說過的話，依舊會在空氣中迴盪。至少有那麼一個人，一個將魔法視為生活一部分的人，會知道她說的全是事實。

她描述城堡，幾位身穿黑黃相間長袍的牧師，滿山遍谷的火光，那可以讓她讀出心思卻渾然未覺的丈夫。薇卡耐心傾聽，只有當她告訴她蘿妮腦海也出現聲音時，才表現出一些興趣。然後她打斷她，問那聲音是男或女（都有），是否有表現特殊情緒、激動或同情（沒有，非常淡漠），以及聲音是否隨時憑她召喚（這一點她不清楚，她沒時間找出真相）。

「好了，我們現在可以離開了，」薇卡脫下斗篷，放回包包。布莉達很失望。她還以為她會得到讚美，或至少一些解釋。但薇卡就像那些冷靜客觀研究病人的醫生，只會認真注意症狀，而不會對症狀加諸在病人身上的痛苦感同身受。

∞

回程非常漫長，每次布莉達試圖回到剛才的話題，薇卡就會莫名提到生活開銷、交通壅塞以及她跟自己住的那棟大樓管理主委的糾葛。

只有在她們再次坐進平常那兩張扶手椅後，薇卡才評論布莉達的經驗。

「我只想對妳說一件事，」她說。「不要試圖費心解釋妳的心情。盡妳所能享受人生，保留妳的所有感受，將之視為神的恩賜。如果妳認為妳無法忍受一個將生活看得比知識更重要的世界，那麼我奉勸妳現在就放棄魔法。摧毀現實與無形世界橋樑的最佳方式，就是用妳的私人情緒強加詮釋。」

情緒就像脫韁野馬，布莉達知道理智永遠無法掌控它們。有一次，某任男友莫名其妙把她甩了，沒有給出任何解釋，結果她窩在家裡難過好幾個月，一遍又一遍想著此人的所有缺點，以及兩人關係層出不窮的問題。然而，她每天早上醒來就會想起他，知道如果他打電話給她，她可能會同意再見一次面。

廚房的狗叫了。布莉達知道這表示會面結束了。

「喔，拜託，我們甚至還沒有討論發生的事情！」她大喊，「我只想問兩個問題。」

薇卡站起來。這女孩總是選在最後一刻拋出重要的問題，她明明就該離開了。

「我想知道，我看見的牧師是否真實存在。」

「我們有過獨特的體驗，不到兩個小時後，我們卻得試圖說服自己那全出自我們的想像力，」薇卡說，走到書架前，布莉達想起來，她們在森林時，連她自己也想到那群害怕獨特經驗的人。她覺得很羞愧。

薇卡回來時，拿著一本書。

「純潔派，或有人稱之卡特里派，是一群十二世紀末在法國南部創辦教會的牧師。他們深信轉世來生及絕對善惡的存在。世界只一分為二：被揀選者以及迷途者，這也表示改變任何人的信仰沒有意義。

「純潔派對普世價值的漠不關心，讓隆格多克區的許多封建地主決定信仰，以逃避當時天主教會強加徵收的沉重稅金。同樣的，由於人出生時善惡好壞便已命定，純潔派對性的態度非常包容，對女性也是如此。他們只嚴格規範牧師認定的事務。

「一切都很順利，直到純潔派開始風行。天主教會倍感威脅，呼籲征討此異端邪教。有長達四十年的時間，純潔派教徒與和天主教會展開血腥征戰，但合法勢力在其他國家的支援下，終於摧毀所有信奉新宗教的城鎮。只留下庇里牛斯山脈的蒙塞居碉堡純潔派教徒堅持浴血奮戰，直到法國人發現了他們利用的秘密通道。一二四四年三月的某個清晨，城堡投降後，兩百二十名純潔派教徒縱身跳入城堡山腳下的巨型火堆，嘴裡仍然吟誦歌曲。」

薇卡冷靜講述這一切，她腿上的書仍然沒有打開。直到說完故事後，她才打開書翻閱，找出一張照片。

布莉達看見那棟被摧毀的建築，塔樓幾乎被徹底夷平，石牆仍完好無損。看得出來中庭，蘿妮與塔博走過的石階，城牆的一些岩石，以及那座塔樓的輪廓。

「妳說還有一個問題想問我。」

那個問題不重要了。布莉達已經無法清楚思考。她覺得很怪，正在回憶自己剛才究竟想問什麼。

「我想知道妳為什麼要浪費時間在我身上，為什麼想要教我。」

「傳統告訴我，這是我必須做的事，」薇卡回答。「妳的幾次前世都沒有特別改變，妳跟我與我的朋友都屬於同一種人。我們負責維護月亮傳統。妳是女巫。」

∞

布莉達沒有注意薇卡說的話。她甚至沒有想到要再跟她約見面。在那一刻，她只想離開，回到尋常熟悉的世界，注意那些平凡的小事——牆上潮溼的霉點、丟在地板上的香菸以及櫃台總機桌上的信件。

「明天我得上班，」她突然擔心起時間來了。

在回家的路上，她開始思考公司的出口商品發票機制，想出一個簡化行政流程的方式。她非常高興。老闆可能會贊同她的表現，搞不好還會替她加薪。

她回到家，吃了晚餐，看一點電視。然後，她記下自己對發票機制的想法，最後精疲力竭躺上床。

出口商品的發票機制對於她的生命有重大影響。畢竟，老闆付錢要她做這些事，對吧。

其他都是虛幻。一切都是謊言。

整整一星期，布莉達總是天亮就醒，在辦公室努力工作，得到老闆的讚揚。她沒有錯過任何一堂課，對報章雜誌的內容都抱持濃厚興趣。她只需要避免思考就好。每當她的思緒飄到與森林某位巫師或古城某位女巫的會面時，她便立刻將它們驅趕，提醒自己下星期還有考試，或設法回憶自己與女性好友的閒聊八卦。

星期五到了，她的男友跟她約在大學外見面，兩人一起去看電影。然後，他們到常去的酒吧，討論電影內容，彼此的同事以及工作。回程路上，他們遇見剛從聚會回來的朋友，決定和他們一起吃晚餐，還好在都柏林隨時隨地都能找到餐廳。

凌晨兩點，他們向朋友道別，決定回到她的住處。他們一進門，她就放了「鐵蝴蝶」樂團的唱片，給兩人倒了雙份威士忌，他們躺在沙發上，摟著對方，安靜無語，心思飛得老遠，他撫摸她的頭髮和乳房。

「這星期超忙亂的，」她突然開口。「我不停工作，為考試做準備，採買一堆家用品。」

唱片這一面唱完了，她起身將它翻面。

「你知道廚房櫥櫃門，每一次都卡不住的那一扇門？呃，我終於設法安排一天找人來修理。我還得上銀行好幾次，有一次是去領我爸匯給我的錢，然後又替公司存支票，還有……」

洛倫瞪著她。

「你為什麼瞪我？」她不高興地質問。這個傢伙躺在沙發瞪她，說不出什麼有趣的話，究竟在幹嘛？太荒謬了。她不需要他。她不需要任何人。

「你為什麼盯著我看？」她又問。

但他什麼也沒說。他只是站起來，走到她面前。溫柔地帶她走回沙發。

「你沒有在聽我說話，」布莉達不懂了。

洛倫摟著她。

「情緒猶如脫韁野馬。」她想。

「都告訴我吧，」洛倫貼心地說。「我會傾聽並尊重妳做出的任何決定，就算是妳遇到了別人，就算我們得彼此道別，也沒關係，我們已經在一起一段時間了。我可能還不太瞭解妳；我是說，我或許不太認識妳，但我知道妳不會是什麼模樣。妳一整晚都不太像妳自己。」

布莉達好想哭。她已經數不清自己為了那些漆黑黑夜、塔羅牌以及魔幻森林哭過多少次，流過多少淚了。情緒真如脫韁野馬，她現在只想完全釋放它們。

她坐在他面前，記得巫師與薇卡都喜歡這樣坐著看她，然後，她完整交代自己與巫師在森林見面後，所發生的一切。洛倫全神貫注傾聽，非常安靜。當她告訴他蒙塞居廢墟的照片時，洛倫問她大學時有沒有聽過純潔派教派。

「你聽好，我知道你或許完全不相信我跟你說的話，」她反駁。「你認為因為我腦子不清楚，我把自己有印象的東西全都說出來，沒有，洛倫，我從來沒聽過純潔派，但你當然對凡事都有自己的解釋。」

她的手無法控制地顫抖。洛倫站起來，拿起一張紙，在上面打了兩個洞，相距約八英寸。他將紙放在桌上，靠著威士忌酒瓶，讓它垂直。

然後他走進廚房，回來時拿著軟木塞。

他坐在桌子前端，將紙和酒瓶推到另一端，軟木塞放在他面前。

「過來這裡，」他說。

布莉達坐起來。她想掩飾自己發抖的雙手，但他似乎注意到了。

「我們假裝軟木塞是電子，組成原子的小分子之一。妳有聽懂嗎？」

她點頭。

「好，仔細聽囉。假設我有一台極度精密複雜的儀器，可以讓我將電子朝紙的方向射出去，它會在同一時間通過這兩個孔，但不會讓紙裂成一半。」

「我不相信，」她說。「這不可能。」

洛倫把那張紙扔掉。然後，因為他很講求整潔，也把軟木塞放回去了。

「妳可能不會相信，但這是真理。科學家知道，卻也無法解釋。我不相信妳告訴我的一切，但我知道那都是真的。」

布莉達的手不再發抖，她也不再哭泣，沒有失控。她只注意到酒精作用已經完全消失。她異常清醒。

「面對這些謎團時，科學家會怎麼做？」

「他們進入**黑夜**，這是沿用妳曾經告訴我的說辭。我們知道謎團永遠不會消失，因此我們學會接受它，面對它。同樣的事情也出現在人生許多情境。帶大孩子的母親一定也曾覺得要縱身跳入**黑夜**。前往遙遠國度尋找工作機會賺取財富的移民必然也曾經有過這種感受。他們只相信自己的努力會得到回報，總有一天他們會明白過程儘管可怕，但心中的期望、渴求會繼續帶領我們前進，無須過多詮釋和理解。」

布莉達突然覺得好累。她需要睡覺。睡眠已經成了她唯一可以自由進入的魔法國度了。

那一晚，她做了一場美夢，蔚藍大海與綠葉蒼蒼的小島。她在凌晨醒來，很高興洛倫就在旁邊。她站起身走到臥室的窗前，凝望沉睡的都柏林。

她想起了父親在她小時候睡醒害怕時也會帶她看窗外，記憶也帶回她童年的另一幕。

她和父親在海灘上，他邀她一起感受海水的溫度。她才五歲，很高興能夠跟他一起，她走到水邊，一根腳趾泡進大海。

「我把腳放進去了，好冷喔，」她告訴他。

她的父親抱起她，再次帶她走到水中，毫無預警將她扔進海裡。起初她很震驚，但隨後開心大笑，覺得好玩。

「水溫如何？」她父親問。

「很棒啊，」她回答。

「很好，從此以後，當妳想要探索什麼事情時，就直接跳進去。」

她不久之後馬上忘了這一堂課。她可能只有二十一歲，但她早已培養了對許多事物的熱情，卻也因為都嘗試過，一一被她放棄了。她不怕困難；讓她卻步的是她被迫選擇一條既定的道路。

選擇某一條道路代表必須錯過其他道路。她還有一輩子的時間，她總是認為在未來，她或許會後悔自己現在所做的選擇。

「我害怕讓自己承諾，」她這麼想。她想走上所有可能的道路，結果一條路也沒走。

即使是她這輩子最看重的事物，那就是愛，她也無法全心承諾。第一段戀情讓她失望後，她始終沒有全然交出自己。她害怕痛苦、失落與分離。但在愛的道路上，它們都是無法避免的，所以避開它們的唯一方式就是不走那條路。為了不受苦，人必須放棄愛。就好比將自己的雙眼挖掉，就可以不看見生命中的壞與惡。

「人生太複雜了。」

你必須冒險，追隨某些道路，放棄其他的。她記得薇卡告訴她，走某些道路的人只是為了證明那些道路是錯誤的選擇，但是，這都好過選擇一條路之後，卻浪費的餘生去思考自己是否做了正確的決定。沒有任何人在做出選擇時是不恐懼害怕的。

這就是人生的法則。這就是**黑夜**，沒有人可以逃離**黑夜**，即使他們從來沒做出決定，即使他們缺乏勇氣改變，因為追求改變，就等於決定，但如此一來，他們就看不見深藏在漆黑**黑夜**的寶藏了。

洛倫可能是對的，到頭來，他們會嘲笑自己最初的恐懼。正如她笑自己竟然會想像森林出現的毒蛇、蠍子。在絕望中，她早就忘記愛爾蘭的守護聖徒聖派翠克，祂在許久之前，就已經驅離了所有毒蛇。

「我很高興你在，洛倫，」她溫柔說道，深怕他會聽到。

她回到床上，很快就睡著了。然而，在入睡前，她想起了另一個關於父親的往事。那是個星期天，他們全家人到奶奶家吃午餐。她當時應該十四歲吧，嘴裡一直抱怨沒辦法做家庭作業，因為每當她開始寫，就會出錯。

「也許出錯是為了讓妳學會，」她父親說。但布莉達確信自己走錯了路，怎麼樣都做不好了。

父親牽起她的手，將她帶到客廳，奶奶正在那裡看電視。客廳有一座高大的古董老爺鐘，它早就停擺，再也修不好了。

「世界上沒有什麼事情是絕對錯誤的，心肝寶貝，」她父親說，望著時鐘。「就連停下來的時鐘，一天也會遇上兩次正確的時間啊。」

她找到巫師前，已經在樹木繁茂的山裡走了一段時間。他坐在山頂附近的一塊岩石上，遠眺沉思山谷與西麓群山。真的是很壯觀的景致，布莉達想到神靈最愛的就是這種地方。

「神只看得見神的美嗎？」她走近時問到。「世上醜陋的人類與地點怎麼辦？」

巫師沒有回答，布莉達很尷尬。

「你可能不記得我了。兩個月前，我獨自在這裡的森林待了一整夜。我答應自己，只有在發現自己的道路後，才可以回來。我認識了一個叫做薇卡的女人。」

巫師想開口，發現女孩沒有注意到他的動作，鬆了一口氣。然後他對命運的諷刺微笑了。

「薇卡說我是女巫，」女孩接著說。

「妳不信任她嗎？」

這是她抵達這裡後，巫師的第一個問題。布莉達很高興他有在聽她說話。在那之前，她還不太確定。

「是的，我信任她，」她說。「我也相信月亮傳統。但我也知道，太陽傳統幫我，逼我認識黑夜。所以我才回來了。」

「那麼請妳好好坐下來，欣賞日落，」巫師說。

「我不打算再獨自待在森林了，」她回答。「我最後一次來這裡……」

巫師打斷她。

「快別這麼說。神就在言語中。」

薇卡也說過同樣的話。

「我說錯了什麼？」

「如果妳說『最後一次』，那有可能就是最後一次。妳應該要說『我最近一次來這裡。』」

布莉達很擔心。從現在起，她開口閉口都必須小心翼翼。她決定安靜坐著，聽巫師的話，欣賞日落。

這樣做讓她緊張。離天黑剩下一小時，然而她還有很多話要說，很多事情要做，心裡也有許多問題。每次她坐著不動，只是盯著什麼東西瞧時，她總感覺自己是在浪費寶貴時間，她應該用來好好認識不一樣的人們才對。她應當要善用時間，因為她還有很多要學。然而，太陽在地平線緩緩落下，將雲朵暈染成金黃粉紅相間的美麗晚霞，布莉達知道她一輩子就在為了這個畫面努力，能夠找一天好好坐下來，對著令人屏息的夕陽沉思。
「妳知道怎麼祈禱嗎？」巫師突然問。
當然知道。大家都知道如何禱告。
「好，在夕陽一碰到地平線時，妳就禱告。在太陽傳統中，我們透過禱告與神交流。用發自內心靈魂的言語表達與禱告，效果比任何儀式更強大。」
「我不知道如何祈禱，因為我的靈魂很沉默，」布莉達說。
巫師笑了。
「只有真正被啟發的人，才能擁有沉默的靈魂。」
「那麼為什麼我不能用靈魂祈禱呢？」
「因為妳不夠謙卑傾聽，虛心知道它想要什麼。妳過於羞愧，無法聽見靈魂的渴求，也害怕將這些要求帶到神面前，因為妳認為祂沒有時間在乎。」
她看著夕陽，坐在聖者旁邊。然而，和往常一樣，在這種時刻，她感覺自己不配在場。
「我確實認為自己不值得在這裡。我向來認定靈性追尋屬於那些比我更優秀的人們。」
「如果這些人確實存在，也不需要追尋任何東西了。他們是精神靈性的體現。

追尋是給我們這種人的。」

像我們一樣的人，他說，但他遙遙領先她啊。

「神屬於月亮傳統與太陽傳統，」布莉達說，深信這兩大傳統完全相同，只在教條上有所差異。「教我如何祈禱吧。」

巫師面對太陽，閉上雙眼。

「我們是人類，主啊，我們不知道自己的偉大。主啊，給我們謙卑，讓我們開口問自己需要什麼，因為沒有欲望，一切都是徒勞；沒有要求，一切都是白費。我們都知道該餵養自己的靈魂；給我們勇氣，看見我們的渴望，因為那全來自您永恆智慧的源泉。只有接受我們的欲望，我們才能開始理解自己。阿門。現在，該妳了。」巫師說。

「主啊，請幫我理解生命中所有的美好事物，讓我知道那全是我應得的。請幫助我明白，驅策我尋找您的真理，讓我跟聖徒一樣，同時，讓我與聖徒擁有一樣的懷疑與弱點。請助我謙卑，接受自己與其他人並沒有什麼不同。阿門。」

他們默默坐著，望著夕陽，直到最後一縷陽光離開雲層。他們的靈魂在祈禱，請求赦免，感激兩人能同坐此處。

8

「我們去酒吧，」巫師說。

巫師與布莉達開始步行回去。她再次回想她初次獨自到此找他的那一天。她答應自己，這是最後一次回憶那段往事；她不再需要繼續試圖說服自己了。

巫師端詳走在他前面的女孩，她看上去好像知道自己應該如何在潮溼的泥土與石頭間前進，但是卻不斷被絆倒。他的心放鬆了一會兒，隨即卻又再次變得謹慎防衛。

有時候。神的某些祝福，會透過打破所有的玻璃窗來體現。

當他們從山上走下來時，巫師心想，有布莉達在他身邊，一切是如此美好。他和其他男人一樣，擁有同樣的弱點與美德，他仍然不習慣當導師。一開始，當人們從愛爾蘭各地到森林聆聽他的教導時，他會提到太陽傳統，並要求人們看清楚自己的周圍環境。這裡是神儲存智慧的地方，大家都有能力透過執行一些簡單的儀式來理解它。兩千年前，使徒保羅曾描述過太陽傳統的教導方式：「我在你們那裡，又軟弱又懼怕，又甚戰兢；我說的話講的道，不是用智慧委婉的言語，乃是用聖靈和大能的明證，叫你們的信不在乎人的智慧，只在乎神的大能。」

然而人們似乎無法理解他提到的太陽傳統，因此也很失望原來自己也是平凡人罷了。

他說沒關係；他是導師，他只是提供人們取得知識的必要手段。但他們需要得更多；他們需要一位嚮導。他們不明白黑夜；他們不明白帶領他們走過黑夜的嚮導能否單憑手上的火炬就照亮自己想看到的。如果恰巧火炬熄滅了，人們就會迷路，因為他們找不到來時的路。但他們仍然需要好的嚮導，這個人也需要是一位好導師，才能接受別人的需求。

於是他開始用毫無必要、足以使人著迷的方式設法使自己的教誨讓凡人理解和接收。結果成功了。人們學會了太陽傳統，當他們終於意識到巫師告訴他們的許多東西其實都沒有意義時，他們回頭嘲笑自己。巫師很滿意，因為他終於知道該如何當個好導師了。

布莉達不同。她的祈禱深深觸動巫師的靈魂。她知道曾經行走於這地球上的每一個人與其他人並沒有任何不同。少數人能夠大聲說出過去的偉大導師其實與所有人類都擁有同樣的缺陷與本質，但這並沒有削弱他們尋找神的能力。認定他人能力優劣是他認為最糟糕的自以為是，因為自認與眾不同就已經摧毀力十足了。

∞

他們到達酒吧時，巫師點了兩杯威士忌。

「看看其他客人，」布莉達說。「他們可能每天晚上都來這裡。搞不好都在做同樣的事情。」

巫師突然不那麼確定布莉達真的認為自己與其他人一樣了。

「妳太在乎他人了，」他回答。「他們都是妳自己的鏡子。」

「是的，我知道。我以為我知道什麼事會讓我快樂，什麼又會讓我傷心，但我突然意識到，自己需要重新思考。它非常困難。」

「妳為什麼改變心意？」

「愛。我認識了一個讓我感覺完整的男人。三天前，他讓我知道，他的世界也充滿了神秘，所以我並不孤單。」

巫師看上去無動於衷，但他想起自己先前對於神的賜福猶如碎裂窗戶的看法。

「妳愛他嗎？」

「我發現我可以更愛他。即使我在這條路上學不到什麼新東西，至少我也領悟了一個關鍵：我們需要承擔風險。」

那天晚上他們下山時，他一直在思考偉大的計畫，他想表明自己有多麼需要她，表明他正如其他人，早已厭倦了過分孤獨的日子。但她只想要讓他一一回答她的問題。

「這裡的空氣有點怪，」布莉達說，大氣似乎產生了變化。

「是信使，」巫師說。「人造惡魔，他們不是神的左臂，也不能帶我們走向光明。」

他的眼睛閃閃發光。情勢真的不太一樣了，他在談論惡魔。

「神創造了祂的左臂軍團，為了讓我們更精良，讓我們知道該如何實踐使命，」他繼續。「但祂讓負責人凝聚了黑暗力量，創造自己的惡魔。」

這就是他現在正在做的。

「但我們也可以集中良善的力量，」女孩有點驚慌。

「不行，我們做不到。」

他需要分心，如果她能問他問題就好了。他不想製造惡魔。在太陽傳統中，這些人被稱為信使，足以實現極善或極惡——只有最重要的導師才被允許徵用他們。他就是這些導師之一，但他不想在此時此刻召喚信使，因為信使可能是一種危險的力量，特別在對愛情失望的時刻。

布莉達對巫師的反應很困惑。他的行為很奇怪。

「我們不能對善的力量過度執著。」他再次說，努力專注於自己要說的話。「善的力量總是會四處折射，就像光線。當妳散發正向的脈動時，就能造福全人類，但是當妳過度集中信使的力量，從中獲益——或者受到傷害的——唯有妳自己。」

他的眼睛仍然閃閃發光。他把老闆叫來，付了帳單。

「去我家吧，」他說。「我泡一些茶，妳可以告訴我妳認為生命中最重要的問題。」

布莉達猶豫了。這個男人很迷人，她也很有魅力。她擔心自己的學徒生涯會就此結束。

「我還是必須冒險，」她再次告訴自己。

他的住處離村莊外圍有一小段距離。布莉達注意到他家與薇卡家很不同，但一樣舒適高雅。可是，她連一本書都沒看見；這裡比較空，傢俱也不多。

他們走進廚房泡茶，然後回到客廳。

「妳今天為什麼來這裡？」巫師問。

「我答應自己，一旦我領悟了什麼，就會再回來。」

「那麼妳有了什麼領悟？」

「一點點。我知道這條路很簡單，卻又比我想像中困難得多。但我會簡化我的靈魂。無論如何，我的第一個問題是：『你為什麼浪費時間在我身上？』」

「因為妳是我的**靈魂伴侶**，」巫師心想，但他說的是：

「因為我需要有人說話。」

「你認為我選擇的道路——月亮傳統——怎麼樣？」

巫師需要說實話，儘管他衷心希望事實完全相反。

「這是妳選擇的道路，薇卡說得對，妳是女巫，妳要學著利用時間的記憶探索神的教誨。」

他納悶為何人生待他如此，他好不容易見著了自己的**靈魂伴侶**，卻發現她能學習的唯一方式就是透過月亮傳統。

「我還有一個問題，」布莉達說。時間越來越晚了；快要沒有公車可以回去了。「我需要知道答案，我知道薇卡不會教我。因為她跟我一樣是個女人。她永遠會是我的導師，但在這個話題上，她永遠是個女人。我想知道我該如何找到自己的**靈魂伴侶**？」

「他就在妳面前，」他想，但什麼也沒說。他走到房間的一個角落把燈關掉。只有一件壓克力雕塑品仍在發光。剛才布莉達進來時沒注意到。它裡面有某種液體，還有上下飄浮的泡泡，紅藍交錯的光線不斷閃爍。

「我們現在見過兩次面了，」他的眼睛盯著雕塑。「我只被允許教授太陽傳統。太陽傳統召喚的是人們擁有的祖傳知識。」

「我如何透過太陽傳統找到我的**靈魂伴侶**？」

「地球上的每個人都在尋找，」巫師說，無意間呼應了薇卡的話。「也許他們都是同一個導師教出來的，」布莉達心想。

「太陽傳統標示**靈魂伴侶**的記號，世上任何人都可以看見：那就是眼裡某種獨特的光芒。」

「我在很多人眼中見過許多不同種類的光。」布莉達說。「例如今天，我看見你的雙眼閃閃發亮。這就是每個人都在尋找的。」

「她忘記了她的祈禱，」巫師想。「她認為她不同於其他人。她無法辨認神慷慨向她展示的東西。」

「我看不懂眼神，」她堅持。「告訴我，人們如何透過月亮傳統發現他們的靈魂伴侶。」

巫師轉向她，雙眼冰冷，毫無情緒。

「你很哀傷，」她說，「你之所以很哀傷，是因為我仍然無法通過單純的事物學習。你不明白的是，人們正在受苦，他們到處尋覓，想要找到愛，卻不知道他們正在履行尋找**靈魂伴侶**的神聖使命。你都忘記了——因為你是聰明人，從來不懂平凡人的心情——我身上背負了幾千年的失落，更加無法透過單純事物學習。」

巫師仍然無動於衷。

「有個光點，」他說。「你的**靈魂伴侶**左肩上會有一個光點。這就是月亮傳統的記號。」

「我得離開了，」她說，卻希望他能讓她留下來。她喜歡在這裡。他回答了她的問題。

然而，巫師起身陪她走到門口。

「我會學到你所知道的一切。」她說，「我也會發現該如何看到光點。」

巫師等到布莉達下樓。半小時內會有一輛公車到都柏林，所以他無須擔心。然後，他走進花園，執行他每晚的儀式。這是他的習慣，但有時他發現自己很難專心。今晚他特別分心。

儀式結束後，他坐在門前仰望天空。他想念布莉達。他已經看見公車上的她，還有她左肩上方的光點，因為她是他的**靈魂伴侶**，只有他能看見。他想到她有多麼渴望結束她從出生後的追尋旅程。他也回憶起剛才在他家時，她是如何冷漠疏遠，這是好兆頭。這代表她對自己的情感非常困惑。她在為自己無法理解的事物辯護。

他也有點害怕地想到，她是戀愛中的女人。

「人人都會尋找他們的**靈魂伴侶**，布莉達，」他大聲對花園裡的植物說，但內心深處，他察覺到，儘管自己在傳統中打滾多年，他仍然需要強化自己的信仰，而且他現在真的在和自己說話。

「在我們生命中的某個時候，都會遇見我們的**靈魂伴侶**，認出他或她。」他繼續，「假如我不是巫師，看不見妳左肩上的光點，我會需要更長的時間接受妳，但妳仍然會為我而戰，總有一天，我會看見妳眼中獨特的光。然而，事實上，我就是巫師，輪到我為妳而戰，讓我所有的知識轉化為智慧。」

他坐了很久，在黑夜中沉思，想著搭車回都柏林的布莉達。今天比往常冷。夏天很快就要結束了。

「愛沒有風險，妳終究會發現。千百年來，人們一直在尋覓彼此，也找了對方。」

他突然發現自己可能錯了。風險仍然存在，一個最大的風險：一個人可能在這一世找到不只一位**靈魂伴侶**，從古至今皆然。

冬與春

接下來兩個月，薇卡傳授布莉達關於巫術的最初謎團。根據她的說法，女人學習速度比男人快得多，因為每個月，她們的身體都會經歷大自然的完整循環：出生、生命與死亡，她稱之為「月亮週期」。

布莉達甚至得買新的筆記本記錄她與薇卡第一次見面之後的所有生命體驗。筆記內容時時更新，封面必須有一顆五角星，內容的一切都與月亮傳統息息相關。薇卡告訴她所有女巫都擁有這類筆記本，它被稱為《闇影之書》，紀念人類持續獵巫的四百年歷史中，壯烈犧牲的姐妹們。

「我為什麼要做這些？」

「我們必須喚醒**恩賜**，沒有它，妳只能略知微小奧秘。**恩賜**才是妳賴以服侍世界的方式。」

布莉達必須替家裡騰出一個小空間，做為她早晚祈拜的角落，那裡必須有日夜不輟、點燃中的蠟燭，根據月亮傳統，蠟燭為四大元素的象徵，代表土的燭蕊、象徵水的石蠟、燃燒中的火焰還有助燃的風。蠟燭提醒她必須履行自己的偉大使命。但只有蠟燭才能被外界看到，其餘一切都應該收在抽屜。從中古世紀開始，月亮傳統就要求女巫們以絕對隱匿的手法進行她們的活動，曾經有幾位先知警告，黑暗即將在千禧年結束時再度回歸。

每次布莉達回家看到點燃中的蠟燭，她都感受到一股奇特、近乎神聖的責任。

薇卡告訴她，她必須時刻留意地球的聲音。「無論妳身在何處，都能聽見。那是永不歇息的聲音，來自山巔、城市、天空與海底。它就像一種振動——世界的靈魂，正在緩緩改變自己，朝光移動。任何女巫都必須敏銳意識到這一點，因為她正是這段旅程中最關鍵的一分子。」

薇卡同時解釋，古人利用象徵、圖像、符號與地球萬物對話。即使沒有人在聽，即使符號是人人幾乎都遺忘的語言，先人卻從未停止說話。

「他們就如同我們這般的存在嗎？」

「我們就是他們。我們會頓時理解自己從前世學習到的事物，以及偉大聖人在浩瀚宇宙寫下的一切，耶穌說過，『神的國，如同人把種子撒在地上，黑夜睡覺，白日起來，這種就發芽漸長，那人卻不曉得如何這樣。』

「人類向來從源源不絕的水泉汲飲，就算每個人都說命運乃天註定，但終究有不同生存之道。當猿將人從樹上趕到地面，大水淹沒地球時，它仍然倖存了。在每一個人為最後的災難做準備時，人類仍將存活。

「我們對宇宙萬物負責，因為我們就是宇宙萬物。」

布莉達與薇卡相處的時間越久，就越清楚意識到她是一個多麼美麗的女人。

薇卡繼續教布莉達月亮傳統，她要布莉達去找一把刀刃如火焰的銳利雙刃劍。布莉達找遍各種商店，沒看到合適的，最後洛倫向一位在大學工作的冶礦化學工程師求助，問題解決了。接著，他自己雕了一個木柄，將劍送給布莉達當禮物。這是他表達尊重她尋找自己的最佳方式。

薇卡以繁複儀式尊崇這把劍，包括施作咒語、用木炭在刀刃上畫圖案、用木杓敲打它好幾下。短劍是她手臂的延伸，能讓她身體的能量聚焦在刀刃，跟仙女教母的魔杖有同樣意義，巫師們則以劍取代。

當布莉達表達自己對於木炭與木杓的訝異時，薇卡說，在獵巫年代，女巫被迫使用會被誤認為尋常日常用品的材料。短劍、木炭與木杓的傳統就此延續，早年古人曾使用的真正材料早已不可考。

布莉達學會燒香，在奇妙的月亮週期使用短劍。每當月相改變時，她都必須進行一個儀式：她會在窗檯放一杯水，讓月光反射在水面，接著，她會站起身，將臉映照在水面上，此時，水中月正好在她的額頭中間。當她全神貫注時，會用劍切開水面，讓她與月亮碎裂成較小的反射面。

那水必須立即喝下，月亮的力量才能在她體內增長。

「這些動作都很莫名其妙，」布莉達曾說。薇卡完全忽略她這句話，因為她自己也曾經這麼想，但她記得耶穌的話語，我們每個人體內都長了一些種子，卻毫無所悉，不知來源。

「意義不重要，」她告訴布莉達。「想想**黑夜**。妳做得越多，古人越能與妳交流。他們起初會以妳無法理解的方式，因為只有妳的靈魂懂得傾聽，但總有一天，那聲音會再次被聽到。」

布莉達不想聽到聲音，她想找到**靈魂伴侶**，但她沒有跟薇卡說這些。

她被禁止再次回到過去。根據薇卡的說法，這很沒必要。

「也不要用牌了解未來。牌只是在沒有文字的情境下，助人增長，而且這種增長都是不知不覺發生的。」

布莉達每星期都得將牌攤在桌上三次，坐著看它們。偶爾她會出現幻象，但它們多半難以理解。當她抱怨這一點時，薇卡說這些幻象都具有深層意義，所以才如此艱澀。

「為什麼我不能用牌知道未來？」

「唯有當下才擁有足夠的力量統御我們的人生，」薇卡回答。「若是妳在牌中見到未來，就是將未來帶進當下，這會造成嚴重傷害，足以混淆妳的未來。」

每星期她們去一次樹林，薇卡教導學徒草藥的秘密。在薇卡眼裡，世界萬物都有神的簽名，特別是植物。某些心臟形狀的葉子對心臟有好處，看起來像眼睛的花則能用來治癒眼疾。布莉達開始明白，許多草藥確實與人體器官非常相似，她在一本洛倫從大學圖書館借來的民間醫學書籍上，發現許多鄉下人與巫師女巫的信仰，後來經科學研究證明都是正確的。

「神將祂的藥房放在樹林與田野，」有一天當她們在樹下休息時，薇卡說，「讓人人都能享受健康。」

∞

布莉達知道她的導師還有其他學徒，但她從未見過他們——每次她與薇卡的時間到了，狗就會開始狂吠。不過，她曾經在樓梯與其他人擦身而過：一個比較年長的女人，一位同齡的女孩，以及一個穿西裝的男人。布莉達細心聆聽他們的腳步聲，直到吱吱作響的地板背叛了他們的目的地：薇卡的公寓。

有一天，布莉達試探地問起這些學徒。

「巫術必須根基在集體力量之上，」薇卡告訴她。「來自不同人們的**恩賜**能讓我們的能量不斷流動。每一種**恩賜**都牽一髮動全身。」

薇卡解釋神的**恩賜**總共九項，月亮傳統或太陽傳統全都努力讓它們得以存乎人間數百年。

「這九樣恩賜是什麼？」

薇卡要她不得再偷懶，問那麼多問題，一個真正的女巫應該對各種形式的精神探索都要**感興趣**。她說布莉達應該花更多的時間閱讀《聖經》（裡面有真正的神秘智慧），同時去看聖徒保羅在哥林多前書的談話。布莉達照做了，也找到了九種**恩賜**：智慧的言語、知識的言語、信仰、醫病的恩賜、行異能、做先知、辨別諸靈、說方言、繙方言。

到此她才明瞭自己在尋求的**恩賜**：辨別諸靈。

∞

薇卡教布莉達跳舞。她說她需要學會隨著世界的聲響律動，那無所不在的脈動。這並不講求特殊技巧；腦想身動即可。然而，布莉達花了好一段時間才能習慣以不合邏輯的方式跳舞。

「**人民的巫師**教導妳黑夜。這兩種傳統——其實不過是一體兩面——**黑夜**是成長的唯一途徑。當妳沿著魔法之路出發時，妳該做的第一件事就是讓自己臣服於更大的力量，因為妳總會遇到自己永遠無法理解的事。

「一切都不會依循妳期待的邏輯運作。妳只能用心體會，這可能會有點可怕。這段旅程會讓妳感覺彷彿在黑夜摸索許久，但所有的追尋都是信仰的展現。神比**黑夜**更難理解，但祂珍惜我們的信仰，會牽起我們的手，帶領我們走過迷霧。」

薇卡提到巫師時，口氣從來沒有敵意，也不會挖苦對方，看來布莉達錯了。薇卡與他顯然沒有發展過男女關係；從她眼中就看得出來，或許她在第一天的惱怒僅因為他們最終選擇不同的道路。巫師與女巫都很自負，大家都想向對方證明自己選擇的路是最好的。

這念頭突然讓她頓悟了。她能從薇卡的眼裡看出她並不愛巫師。

她看過討論這種事的電影與書籍。一個人是否正在戀愛，全世界的人都能從她或他的眼神看出來。

「唯有全心全意擁抱繁雜事物，才能理解簡單明瞭的道理。」她心想。也許有一天，她會轉而遵循太陽傳統。

時序已近年底，寒風才剛吹進骨子裡，薇卡打了電話給布莉達。「兩天後新月之夜，我們約在樹林見面吧。」薇卡只這麼說。

布莉達接下來花了整整兩天時間思考即將到來的會面。她平常都認真進行該有的儀式，也隨著世界的脈動跳舞。「我希望能配合一點音樂，」她想，但她早已習慣隨著奇特的振動移動身體，特別是在夜晚或安靜地點時，感覺更清晰。薇卡告訴她，在她隨著世界的聲音擺動時，她體內的靈魂會更自在，不再那麼緊張。布莉達也開始注意到在街上行走的人們，彷彿不知道手該往哪裡擺，也不懂得如何移動臀部或肩膀。她想告訴他們，世界正在演奏一首曲子，假使他們能隨著旋律稍微舞動，儘管只有幾分鐘，感覺會更好。

然而這種舞蹈屬於月亮傳統，只有女巫知道它的存在。太陽傳統想必也有類似的活動。一定有的，只不過顯然沒有人想認真學習。

「我們喪失了與世界奧秘共存共生的能力，」她對洛倫說。「但它們其實就攤開在我們面前。我之所以想成為女巫正因為得以一窺這些奧秘。」

8

在約定好的那一天，布莉達去了樹林。她走在樹林間，感受大自然靈性的神奇存在。大約一千五百年前，這處密林仍是德魯伊人的聖地，直到聖派翠克驅趕在愛爾蘭的蛇類，德魯伊教派就此銷聲匿跡。然而，人們對此地的敬畏尊崇仍代代相傳，即便到現在，村民仍奉行不悖。

她在某處空地找到薇卡，她裹著斗篷，隨行還另外有四個人，大家穿著都很平凡，全都是女人。她注意有一小處灰燼，那裡仍有火焰熊熊燃燒，布莉達凝視火焰，不知為何覺得害怕。她不知道是因為她體內蘿妮的那一部分，或是因為她的其他前世對火有難以抹滅的印象。更多女人抵達，有些人與她同齡，有些比薇卡還老。這裡總共九個人。

「我今天沒有邀請男人，我們在這裡等候月亮國度。」

月亮國度指的就是夜晚。

她們圍著火堆，談論一些瑣碎雜事，彷彿只不過是一場婆婆媽媽的下午茶，但場所卻很不一樣。

然而，一旦天空星辰滿布，氣氛就完全不同。薇卡不需要請大家安靜，眾人逐漸停止談話，布莉達納悶是否人們只注意到火焰與森林的存在。

經過短暫的沉默之後，薇卡說話了。

「在今晚，每年一次，全世界的女巫們聚在一起祈禱，向我們的前輩致敬。根據傳統，每一年的第十個月圓，我們齊聚在火焰前，因為受迫害的姐妹們就是從它而生，也因它而死。」

布莉達從斗篷下拿出木杓。

「這是象徵，」將杓子拿給大家看。

女人們站著，手牽著手。然後，大家舉起雙手，她們聽見了薇卡的祈禱。

「願聖母瑪利亞和祂的兒子耶穌降福在我們頭上。我們體內，沉睡著先祖的靈魂伴侶。願聖母瑪利亞祝福他們。

「願祂祝福我們，因為我們同是女人，一起生活在讓男人越來越愛與理解我們的世界。然而，我們的身體仍存留前世的註記，它們仍然為我們帶來痛楚。

「願聖母瑪利亞讓我們從這些註記解脫，永遠終結我們的內疚感。在我們外出工作時，我們感到罪惡，因為我們離開孩子，只為了掙錢養活他們。當我們留在家裡時，我們感到罪惡，因為感覺我們沒有善用我們的自由。我們對一切感到內疚，因為我們總是遠離決策和權力的中心。

「願聖母瑪利亞時時提醒我們，在男人逃離或拒絕他們的信仰時，是女人與耶穌站在一起。是女人在祂背負十字架時，在祂腳下哭泣，並且在祂嚥下最後一口氣時，在祂身旁等待殷盼。是女人看見了空無一人的墓穴，因此我們沒有理由罪惡。

「願聖母瑪利亞時時提醒我們，我們因為宣揚愛的宗教遭受火刑與迫害。當別人試圖用原罪力量停止時間時，我們仍齊聚一起，紀念被禁止的節日，因為我們認為它仍然美麗。因此，我們才遭受譴責迫害，在大庭廣眾接受火刑。

「願聖母瑪利亞時時提醒我們，當男人在公共廣場因土地糾紛受審時，女人則因通姦而受審。

「願聖母瑪利亞時時提醒我們，我們的先祖——例如聖女貞德——為了履行天主的話語，不得不把自己偽裝成男人，卻在烈火中壯烈犧牲。」

薇卡雙手捧著木杓，伸出雙臂。

「這是我們前輩殉難的象徵。願吞噬她們肉體的火焰永遠在我們靈魂中熄滅。因為她們已經在我們裡面。我們也在她們裡面。」

她將木杓丟進火裡。

布莉達繼續執行薇卡教她的儀式。她讓蠟燭燃燒不輟，隨著世界的聲音舞動。她在闇影之書寫下與薇卡的會面，每週到神聖林地兩次，她驚訝發現自己更了解草藥與植物了。

然而，薇卡希望喚醒的聲音仍然沒有出現。她也沒有看見任何人左肩上的光點。

「誰知道呢，也許我就是沒遇見**靈魂伴侶**，」她有點擔心。瞭解月亮傳統的人大概就是有這種命運：選擇生命中的男人時，不得犯錯。這表示從她們成為真正的女巫那一刻起，她們再也不會像其他人那樣對愛情抱有憧憬。的確，這表示不需要為愛傷神，甚至可以完全免於折磨，因為她們可以將這份大愛給予其他人事物；畢竟，找到**靈魂伴侶**是人人生命中的神聖使命。即使有一天，兩人被迫分離，但根據兩大傳統，對**靈魂伴侶**那份強烈的愛足以榮耀、理解一切，更帶著一種純淨的懷舊之情。

這也意味從瞥見光點的那一刻起，就不會有愛的**黑夜**，布莉達想起自己為愛情受傷的許多次，夜夜輾轉未眠，只為了枯等一通不會來的電話；那些延續不了一星期的浪漫週末；急於環顧四周，看看某人是否在場的狂歡派對；征服的喜悅只是為了證明自己辦得到；當妳確信自己閨蜜的男友是唯一能讓妳快樂的男人時，內心那種深沉的哀傷寂寥。這些全是她的世界的一部分，她認識的其他人也住在這種世界。這就是愛，從遠古開始，人類就在尋覓自己的**靈魂伴侶**，他們望著對方的雙眼，尋找特別的光芒，但那只是欲望罷了。她向來不以為然，相反地，她一直覺得因為別人受苦毫無意義；也不需要因為找不到人分享生命而害怕停滯。但如今，她有機會從這些人生桎梏解脫後，她反而不太確定哪些是她想要的了。

「我真的希望能夠看到那光點嗎？」

她想到巫師——她原來認為他是對的，太陽傳統是唯一能處理愛的方式。只不過她現在不能改變心意了；她知道自己該走哪條路，所以必須堅持到底。她知道，如果她現在放棄，未來她在人生中會越來越難做任何選擇。

∞

一天下午，在一堂由年長女巫教導的冗長祈雨課程後——這些可能是布莉達永遠不會進行的儀式，但她還是乖乖記錄在闇影之書裡了——薇卡問她是不是穿過自己所有的衣服了。

「當然沒有，」是她的回答。

「那麼，從現在開始，把衣櫃的衣服都拿出來穿吧。」

布莉達還以為自己聽錯了。

「擁有我們能量的一切都應該持續運作，」薇卡解釋，「妳買的衣服都是妳的一部分，它們代表妳曾經在某些特定時刻，走出家門想要虛擲一筆金錢，因為妳心情喜悅，也有可能是因為妳受到傷害，想讓自己感覺更好，或當妳認為妳應該改變人生。

「衣服能將情緒轉換成物質。它是現實與無形世界的橋樑之一。有些衣服甚至有害，因為它們是為別人而做的，最終卻落在妳的手上。」

布莉達知道她的意思。有一些衣服她就是不能讓自己穿上，因為每次她這樣做時，總會發生一些不好的事情。

「扔掉所有不適合妳的衣服吧，」薇卡繼續，「穿上其他的。我們必須時時翻土，潮來潮去，妳所有的情緒都必須保持流動。宇宙時時運轉，我們也必須如此。」

到家後，布莉達將衣櫃所有東西鋪在床上。她看著每一件衣服；有一些她完全忘記了；其他則帶回美好的回憶，但已經不再新穎流行。但是布莉達卻將它們留了下來，因為它們有種獨特魅力，假如她把它們丟了，她可能會忘記當初穿著它們時體驗的那種美好。

她看著那些她感覺有「不好的脈動」的衣服。她總希望那種感覺有一天能轉好，讓她再度將它們穿上。然而，每當她嘗試穿出門，結果總是災難連連。

她意識到自己與衣服的關係比她想像中還複雜，但薇卡連穿著打扮這種私人的事情都要干涉，實在令人難以接受。有些衣服適合特殊場合，只有她自己才能分辨何時該穿。其他不適合上班穿，就連週末外出也不恰當。為什麼薇卡對這件事這麼感興趣？她從不質疑薇卡叫她做的任何事情；她成天都在跳舞與點蠟燭，將刀子扔進水裡，學習她永遠不會明白的儀式。這些她都接受了，因為它們是傳統的一部分，一個她不理解的傳統，但也許能藉此與她未知的自我有所接觸。但是薇卡連她的穿著打扮都要干涉，也干預了她在這世界的行事作風。

薇卡多少超越她權力的界限。她干涉了與她毫無相干的事物。

「外在的一切比內在的東西更難改變。」

有人說了這麼一句話。布莉達本能地左右張望，她知道誰也不會看見。

是**聲音**。

薇卡想喚醒的**聲音**。

她設法壓抑自己的興奮與恐懼。她保持沉默，希望還可以聽到一點別的，但大街上只傳來噪音，遠處的電視聲，以及無所不在的日常聲響。她跟剛才一樣坐在同一個位置，努力想著之前的思緒，一切發生得太快，她連害怕、訝異或驕傲都來不及。

但**聲音**確實說了些什麼。即使世上的每個人都想向她證明，這一切都只是她想像力的產物，就算獵巫行動再次興起，她也一定會在法庭挺身而出，冒著被判火刑的危險，因為她確信自己真的聽見了一個不是她自己的聲音。

「外在的一切比內在的東西更難改變。」

聲音或許說了一些更足以天崩地裂的話，但因為這是她第一次聽見。突然間，布莉達渾身上下充滿強烈的喜悅。她想打電話給洛倫，去見巫師，告訴薇卡她終於發現自己的**恩賜**了，她終於有可能成為月亮傳統的一部分。她在房內來回踱步，抽了幾根菸，過了半小時後她才感覺自己足夠冷靜，可以坐在她放滿衣服的床上。

聲音是對的。布莉達將靈魂交給了一個陌生的女人——儘管看起來很奇怪——但交出靈魂比妥協穿著打扮簡單多了。

直到現在，布莉達才開始明白那些看似毫無意義的練習對她的生活產生了多大的影響。直到現在，在她考慮改變外在的一切時，她意識到自己內在產生了多少變化。

等到她們再次見面時，薇卡想知道所有關於**聲音**的細節，也很開心布莉達已經在她的闇影之書完整記錄。

「那會是誰的**聲音**？」

但薇卡有更重要的事情要做，反而開始滔滔不絕，沒有回答布莉達常問的那些問題。

「到目前為止，我已經告訴妳該如何走回妳前世靈魂走過的道路。我透過先祖的符號與儀式，直接與它交談，喚醒了這種知識。妳或許曾經抱怨，但妳的靈魂其實非常欣喜，因為它與它的使命重新建立了聯繫。在妳對自己必須進行的練習感到惱火，厭倦必須跳舞，在進行儀式時偷打瞌睡，妳隱藏的那一面再次在時間的智慧中暢飲，記得它之前學到的知識，正如聖經所說，這種就發芽漸長，那人卻不曉得如何這樣。接著，就到了開始學習新事物的時刻。這就叫啟始，因為從此之後，妳會真的學習此生此世需要瞭解的事物。**聲音**指示妳準備好了。

「在女巫傳統中，啟始式向來在春秋分時刻，一年只有這麼兩天白天與夜晚等長。下一次就是春分，三月二十一日。我希望那會是妳的啟始日，因為我也是在春分啟始。妳知道如何使用儀式器具，也知道如何利用儀式開啟現實與無形世界的橋樑。每當妳執行這些儀式，靈魂都會回憶起它前世學到的課題。

「妳聽見**聲音**時，就已經把無形世界裡發生的事帶入現實。換句話說，妳已經意識到自己的靈魂為下一步做好準備。妳就此實現了妳第一個主要目標。」

布莉達想起來了，她最初渴望能看見**靈魂伴侶**肩上的光點，但她最近一直在思考對愛的追尋，一開始的期待如今早已隨著時間沒有那麼強烈了。

「在妳能進行春分啟始前，只有一個考驗。如果失敗了，不要擔心，接下來還有很多年的春秋分，總有一天妳能進行啟始。到現在為止，妳只處理了妳較為男性化的那一面：知識。妳知道了某些事，也有能力理解妳所知道的，但妳還沒觸及偉大的女性力量，那是轉化的強大力量之一。沒有經過轉化的知識就不能算是智慧。

「這股力量向來屬於女性，特別是女巫的詛咒能力。這是這星球上的每個人都知道的力量。我們女人知道自己就是地球秘密的偉大守護者。

「由於這種力量，我們註定要在一個危險敵對的世界遊蕩，因為我們是喚醒它的人，也因為很多地方視它是一大罪惡。任何接觸它的人，不管是否渾然未知，餘生都無法擺脫它。它可以是妳的主人，也能任妳差遣；妳可以把它轉化為一種魔幻力量，或者終其一生使用它，卻永遠無法理解它的無窮魔力。它存於我們周遭的一切，在現實世界的平凡人身上，也能在神秘派的無形世界中被發現。它可以被殺死、粉碎、隱藏，甚至否認。它可以沉睡多年，被遺忘在某處角落；我們可以對它恣意妄為，但一旦有人體驗過它，就永遠忘不了它。」

「那究竟是什麼力量？」

「不要一直問愚蠢的問題，」薇卡反駁。「妳很清楚它是什麼。」

是的，布莉達知道。

性。

∞

薇卡拉開潔白無垢的窗簾，露出戶外的風光。窗戶俯瞰著河，可以望見遠處山丘的老城建築。巫師就住在那裡某個地方。

「那是什麼？」薇卡指著一個教堂尖頂。

「十字架。基督教的象徵。」

「羅馬人永遠不會踏入有十字架的建築物。他們會認為那是執行酷刑的屋子，因為十字架代表人類有史以來發明過最殘忍的酷刑之一。十字架或許沒有改變，但它的意義已經截然不同。同樣的，當人類更接近神時，性也成了與神交融的象徵手段，與生命意義的再度相遇。」

「為什麼尋覓神的人們反而刻意與性保持距離？」

薇卡很不高興自己被打斷，但她還是回答了問題。

「我提到力量時，不只是談論性行為。有些人會利用這種力量，卻不需要進行性行為。一切取決於妳走的道路。」

「我知道那種力量，」布莉達說，「我知道如何利用它。」

「妳可能知道如何在床上與某人發生性關係，但這跟把它視為一種力量是不一樣的。無論男女都無法抵抗性的力量，因為，人們在發生性行為時，快樂與恐懼是一體兩面的。」

「為什麼快樂與恐懼是共存的？」

她終於問了一個值得回答的問題。

「因為任何接觸過性的人都知道，它在最強烈的時刻足以讓人徹底失控。當我們和某人上床時，我們允許對方不僅與我們的肉體交流，更與我們整個存在互動。生命最純粹的力量相互流動，獨立於我們之外，讓我們再也無法掩飾隱藏自己。

「在那當下，我們的外在形象不重要了。我們的偽裝也粉碎了，明智的答案或可敬的藉口都無關緊要。在性行為發生的當下，很難欺騙另一個人，因為那是兩人給彼此看見真實面貌的時刻。」

薇卡的語氣彷彿很熟悉這股力量，她的眼睛閃閃發光，她的聲音自負驕傲。或許也就是因為這樣，她才這麼有吸引力。布莉達很高興薇卡是自己的導師，總有一天，她也會發現這種魅力的秘密。

「在啟始之前，妳必須體驗這種力量。其他的一切則屬於偉大奧秘，在啟始式之後，妳才會瞭解。」

「我該如何體驗它呢？」

「這太簡單了，就像所有簡單的事物，它的結果會比我到目前為止教導妳的儀式複雜許多。」

薇卡走到布莉達面前，抓住她的肩膀，望著她的雙眼。

「公式在此：無時無刻善用妳的五種感官。如果它們在高潮時一起達到巔峰，妳就能接受啟始式了。」

「我是來道歉的，」布莉達說。

他們在最初見面的地點，位於山巒右側的大岩石附近，從這裡可以俯瞰下方山谷。

「有時我心裡想的是東，但做出來的卻是西，」她接著說。「但是如果你曾經感受愛，你就會知道為愛受苦有多麼折磨。」

「是的，我知道，」巫師回答。這是他第一次對他的私生活發表評論。

「關於光點你說對了。那其實真的不太重要。現在我發現搜尋跟實際找到自己想要的一樣有趣。」

「只要能克服恐懼就好。」

「沒錯。」

布莉達很高興知道就連知識淵博如他，也會有害怕惶恐的時候。

∞

他們整個下午都在白雪覆蓋的森林散步。他們討論植物，這裡的風景，還有當地蜘蛛的織網方式。他們還碰到一位領著羊回家的牧羊人。

「哈囉，桑提亞哥！」巫師大喊，然後轉向她：

「神特別喜愛牧羊人。他們對大自然沉默、耐心、習以為常。他們擁有與天地交流需要的一切美德。」

在那之前，他們根本不曾討論過這種話題，而且布莉達也從來不抱期待。她將話題帶回她的生活以及時事。她的第六感告訴她不要提到洛倫。她不知道現在是怎麼回事，也不明瞭巫師為何突然間變得如此貼心，但她需要讓這火焰繼續燃燒。被詛咒的力量，薇卡這麼稱呼。她有個目標，這就是她實現它的手段之一。

他們走過幾頭羊，牠們的腳印在雪地留下奇特印記。四下不見牧羊人，但羊兒似乎知道該往哪裡走，知道自己在尋找什麼。巫師盯著羊群許久，彷彿他在研究太陽傳統的某些偉大秘密，而布莉達則完全不知道那是什麼。

白晝光線逐漸消逝，她和他在一起時向來揮之不去的懼怕與尊重也慢慢不見了，這是第一次她在他身邊感受到平靜祥和。也許是因為她再也不需要展現自己的**恩賜**。她聽到了**聲音**，如今，待她走進其他男男女女的世界只是時間問題罷了。她也屬於那條神秘之路，從她聽見**聲音**的那一刻起，她身邊的這位男人就成了她宇宙的一部分。

她很想抓住他的手，請他展示太陽傳統，正如她要求洛倫跟她談論遠古星辰那樣。這樣才能彰顯他們看到的是同樣的事物，儘管各自從不同的角度。

她隱約感覺他最需要的不是神秘的月亮傳統之聲，而是來自她心底那躁動不安又時而愚蠢的心聲。那是她不常聽見的聲音，因為它總帶著她朝她無法理解的道路前進。

但情緒真如脫韁野馬，也急切要人注意。布莉達讓它們自由奔馳一段時間，直到它們累了。她的情感告訴她，如果那天下午她就這麼愛上他的話，一切會有多麼美好，因為戀愛時，妳什麼都學得到，也無所不知，甚至是那些妳不敢思考的事情，因為愛就是理解所有奧秘的關鍵。

她腦海閃過各種與巫師有關的熱情畫面，最後才重新控制好自己。然後她對自己說，她永遠不能愛上像他這樣的男人，因為他理解天地宇宙，所有的人類情感從遠處看來，再渺小也不過。

∞

他們走到一處老舊的修道院廢墟。巫師坐在散落地面的眾多石堆上，布莉達撥開一處寬敞窗臺的雪堆。

「能住在這裡，在森林待上一整天，然後回家睡在溫暖的屋子裡，感覺一定很棒，」她說。

「是很棒。我知道各種不同鳥類唱什麼歌，讀懂神給予的徵兆，也學會太陽與月亮的傳統。」

「但我只有自己一個人，」他很想補充。「如果只有自己，理解天地宇宙就沒有意義了。」

坐在窗臺上的那一位，就是他的另一半。他看得見她左肩上的光點，也後悔學會了這兩個傳統，因為如果不是那光點，他可能不會愛上她。

「她好聰慧，很早就察覺危險，現在她一點也不想多瞭解光點了。」他想。

「我聽見**聲音**了。薇卡真的是一位很優秀的導師。」

那天下午她第一次提到魔法。

「**聲音**會教導妳世界的奧秘，那些囚禁在時間裡，由女巫代代相傳的奧秘。」

他沒有專注在聽自己說了什麼。他試著回想自己第一次見到**靈魂伴侶**的那一刻。孤獨疏離的人們沒有時間感，分分秒秒都很漫長，年年月月彷彿無窮無盡，即便如此，他知道他們以前只在一起過兩次。布莉達學得很快。

「我知道一些儀式的進行，也準備在春分時接受啟始，理解大奧秘。」她又開始緊張了。

「不過有一件事我仍然沒體會過——那是人人都知道的力量，他們非常崇敬它，將它視為一大謎團。」

巫師知道她今天下午為何過來了。不僅是想在林間散步，在雪地留下兩道足跡，越來越靠近彼此的足跡。

布莉達為了保護臉，打開了外套領子，可能是因為散完步之後，天氣越來越冷，也或許因為她只想掩飾自己的焦慮，她不確定。

「我想透過五種感官喚醒性的力量。」她終於說。「薇卡不願談論它。她說，我總會發現它的，正如我聽見那聲音一樣。」

他們默默坐了幾分鐘。她納悶自己是否不應該在教堂廢墟討論這種事。但後來她想起來，運用力量的方式有很多種。住在那裡的修士向來禁慾，他們會明瞭她的意思。

「我嘗試過許多做法了。我想應該有個把戲，就像那通讓我真正看懂塔羅牌的電話。這是薇卡不願意教我的。我猜她應該覺得那很不容易，才希望我體驗經歷同樣的困難。」

「所以妳才來找我？」
布莉達深深望進他雙眼。
「是的。」

∞

她希望她的回答能說服他，但她已經什麼都不確定了。剛才走過雪中的樹林，映照在雪上的燦爛陽光，關於尋常事物的輕鬆對話，這一切都讓她的情感如野馬般奔馳脫序。她不得不再次說服自己，她到這裡來只有一個原因，她要無所不用其極實現她的目標。因為神在成為男人之前，原本是個女人。

巫師從石堆站起來，走到唯一沒有坍塌成瓦礫的牆邊。牆上有一扇門，他靠著它。暮色漸濃，夕陽餘暉從他背後照過來，布莉達看不清楚他的臉。

「薇卡有一件事沒教。」他說。「她可能忘了，不然就是希望妳可以靠自己。」
「我是啊，我人在這裡，獨自一個人。」
她問自己，或許這一直是她導師的計劃，讓她與這個人在一起。
「我會教妳的，」他最後說。「跟我來。」

他們走到一處樹更高，樹幹更粗的地方。布莉達注意到許多樹幹上綁著繩梯，梯頂都搭了類似樹屋的建築。

「這一定是信奉太陽傳統的隱士住的，」她想。

巫師仔細檢查每間小屋，選了其中一間，請布莉達加入他。

她開始爬樹。爬到一半時，她有點害怕，因為摔下去可能就沒命了。然而，她決心繼續；她在一個聖地，這裡有森林之靈的庇佑。巫師沒有問她是否想這麼做，但也許這在太陽傳統中被視為沒有必要。

爬到樹頂後，她長嘆一口氣。她克服了另一種恐懼。

「這裡是教妳認識未來道路的好地方。」他說，「可以埋伏的絕佳地點。」

「埋伏？」

「這些小屋是獵人在用的。它們一定要蓋這麼高，動物才不會聞到獵人的氣味。一年裡，獵人將食物放在地面，讓動物習慣到這裡來，然後再選一天，把牠們給殺了。」

布莉達注意到地板上的彈匣。她很震驚。

「往下看，」他說。

這裡幾乎擠不下兩個人，他的身體幾乎碰到她了。她照做，這棵樹應該是這裡最高的，因為她能看見其他大樹的頂端、山谷、地平線上白雪覆蓋的山脈。這裡真美；他真的不需要解釋這裡原來是拿來埋伏的。

巫師推開帆布屋頂，突然間，屋內陽光普照。今天很冷，布莉達感覺他們彷彿來到了一處魔法之地，就在世界之巔。她的情感亟欲再次疾馳，但她必須好好控制它們。

「我不需要把妳帶到這裡，對妳解釋妳想知道的事物，」巫師說，「但我想讓妳再多多認識這座森林。冬天當獵人與獵物都在遠方時，我會爬上這些大樹，思考地球的一切。」

他真的很想跟她分享他的世界。布莉達的血流開始加速，她卻覺得平靜，沉浸在人生重要時刻，當下唯一可能的另一個選擇就是讓自己失控。

∞

「我們與世界的關係就是透過我們的五種感官。投入魔法世界表示能發現其他未知的感官，而性就是推動我們走向其中一扇門的助力。」

他說話聲音更大了。他聽起來就像上課中的生物老師。「也許這樣更好，」她心想，但並沒有完全信服。

「無論妳能從性的力量尋求智慧或歡愉，其實並不重要，因為那都會是一種全面的體驗，因為它是可以同時觸及——或應該觸及——五種感官的唯一工具。」

「在高潮時刻，五種感官消失了，妳進入了魔法世界；你再也看不見、聽不到、不能品嚐、觸摸或嗅聞。在那些漫長的幾秒鐘裡，什麼都不見了，取而代之的是極致的狂喜。這跟神秘派經過多年的棄世與紀律後，取得的狂喜完全一模一樣。」

布莉達想問為什麼神秘派不嘗試用性高潮達到那個境界，然後她想起有些人是天使的後代。

「推動一個人追求這種狂喜的就是五種感官，感官受到的刺激越多，就越渴求狂喜，狂喜的力道也越強。妳明白嗎？」

她當然明白。她點點頭。但這個問題讓她感覺更疏離。她真希望兩人此時此刻仍在森林漫步。

「就是這樣。」

「這些我都知道，但我仍然辦不到。」布莉達不敢提洛倫。她感覺那會很危險。「你剛才說有辦法做到這一點。」

她焦躁不安。情感開始脫韁失控。

巫師再次低頭看向腳下的森林。布莉達想知道他是否也在情感中掙扎，但她不想相信自己的思緒，也不應該相信它們。

她知道太陽的傳統是什麼。她知道它的導師穿越時間與空間，孜孜教導。在她第一次來找他之前，她就考慮過這個問題了。她曾想像他們有朝一日會像現在這樣在一起，四下無人。太陽傳統的導師就是如此——永遠起而行，而不過分重視理論。她到森林前就考慮過了，但無論如何，她還是來了，因為現在她的道路比什麼都重要。她需要延續她許多前世以來，一直遵循的傳統。

但現在他卻表現得像薇卡，只用講的。

「教我，」她說。

∞

巫師瞪著光禿禿、覆滿白雪的樹枝。在那一刻，他可以忘記自己是導師，只當個巫師，跟一般男人一樣。他知道他的**靈魂伴侶**就在眼前，他大可以談論他看得見的光點，她會相信的，他們的重新相遇將會完整、完美。就算她流淚離去，她最終也會回來，因為他說的是實話——她需要他，正如他需要她。這就是**靈魂伴侶**的智慧：他們總能認出彼此。

但他是一名導師，在西班牙某處村莊的那一天，他立下神聖的誓言。誓言說，在任何情況下，導師都不應該強迫別人做出選擇。他曾經犯過錯，因此浪逐天涯多年。現在情況不一樣了，但他仍然不想冒險。有一刹那，他心想：『我也可以為她放棄魔法』，但立刻意識到這想法有多蠢。愛不需要那種捨棄。真愛讓人人走自己的路，知道他們永遠不會失去與**靈魂伴侶**的聯繫。

他一定要有耐心。他必須記住牧羊人的耐心，並且知道，他們遲早會在一起。法則就是如此。他這輩子都深信法則。

∞

「妳問我的非常簡單。」他終於說。他已經掌握好自己的心情；紀律勝出了。

「確保妳觸摸對方時，你的五種感官都在作用，因為性有它自己的生命。只要一開始，妳就不是主宰者；它會控制妳。無論妳帶給它什麼——恐懼、欲望、感性——都會繼續存在。所以才會有性無能。當妳做愛時，只需要帶上愛以及妳的五大感官。屆時，妳才能體會何謂與神的水乳交融。」

布莉達低頭看著彈匣。有那麼一剎那，她沒有背叛自己的感受。她現在知道該如何玩那個把戲，她對自己說，那就是她最感興趣的。

「我只能教到這裡。」

她沒有動。野馬被沉默馴服了。

「在妳有任何肉體接觸前，先深深平靜地深呼吸，七次，並確保妳所有的感官都在運作，然後讓它們接手。」

他是太陽傳統的導師。他再度通過考驗。他的**靈魂伴侶**也教了他一堂課。

「好了，我已經帶妳看到這上面的風景。我們可以下去了。」

她心不在焉地望著孩子們在廣場上玩耍。有人曾經告訴她，每個城市都有一個「神奇之地」，一個在我們需要認真思考人生時，可以去的地方。這廣場就是她在都柏林的「神奇之地」。它離她剛到城市時租的公寓很近，那時的她滿懷憧憬、夢想與期望。她當時計劃進入三一學院就讀，最終可以成為文學系的教授。她過去常常花很多時間坐在長凳上寫詩，基本上就是做一些她的文豪偶像會做的事情。

但是她父親寄來的錢不夠，讓她不得不去到她現在的貿易公司上班。她完全不介意；她對自己的工作很滿意，事實上，她的工作是她這輩子到目前為止最看重的東西，因為它賦予了一種現實感，讓她免於發瘋。它允許她在現實世界與無形世界之間腳步踉蹌，卻又能勉強保持平衡。

孩子們還在玩。和她一樣，他們都曾經聽過精靈與女巫的故事，女巫們全黑打扮，給在森林迷路的貧窮小女孩吃毒蘋果。孩子們應該無法想像此時此刻有個如假包換、活生生的女巫正在看他們玩耍。

那天下午，薇卡請她嘗試一個與月亮傳統完全無關的練習，它對想要保持在連接現實與無形世界的橋樑上的人而言，非常有用。

很簡單。她只需要躺下放鬆，想像城市主要的購物區之一。接著她得專注在某個特定店家的櫥窗，注意裡面所有的細節，它們在哪裡，每件商品的價格。結束之後，她就可以真正走上街頭，找到那間店，確定自己的想像是否正確。

她在廣場上看著小朋友，她剛從那間店出來，它的陳設佈置完全如她想像。她納悶這個訓練是否真的適合普通人，還是因為她幾個月來的女巫培訓其實很有幫助？她永遠不會知道答案的。

但她想像中的購物街離她的「神奇之地」很近。「一切的發生都不是偶然，」她想。她心裡苦於一件自己無法解決的事：愛。她愛洛倫，她很肯定。她知道等到她成為月亮傳統的傳人時，她會看見他左肩上的光點。一天下午，他們約在因喬伊斯作品《尤里西斯》而啟發成立的博物館附近喝熱巧克力時，她竟看見了他眼中獨特的光芒。

巫師說得對。太陽傳統是人人必選的道路，只要懂得禱告，知道耐心等候，更有熱忱想學習的人們，都能解讀這項傳統。她越潛心研究月亮傳統，就越能理解並崇敬太陽傳統。

巫師。她又在想他了。這也是為何她回到「神奇之地」的原因。自從那天造訪獵人小屋後，她經常想起他。現在的她更想立刻回到那裡，與他分享自己最近的練習，但她清楚這只是藉口；她真正想要的是讓他邀請她再次到森林散步。她確信他會很開心看到她，她開始相信，出於某種神秘的原因——她甚至不敢多想——其實，他也很喜歡她的陪伴。

「我就是想像力太豐富了，」她想，試圖不去想巫師，但知道他終究還是會回到她腦子裡。

她不願意一直想著他，她是女人，熟悉墜入愛河的徵兆，她必須不惜一切代價完全避免。她愛洛倫，希望兩人的關係能延續。她原有的世界已經發生太劇烈的變化了。

星期六早上，洛倫打電話來。

他說，「我們沿著懸崖散步吧，」

布莉達準備了點心，他們搭上一輛暖氣不足的公車，忍受漫長的車程，大約在中午抵達村子。

布莉達很興奮。當她是文學系的新鮮人時，她讀過很多關於住在那裡的詩人的軼事。他很神秘，對月亮傳統非常瞭解；也曾經加入許多秘密社團，在書中為想要尋找靈性道路的人們留下了隱匿的線索。這個人就是葉慈。她特別想起了他寫過的兩個句子，非常適合這寒冷的清晨，還有海鷗飛過停泊在小港口的小船：

我將夢想鋪在你腳下；

輕輕踩啊，因為你踩的是我的夢。

他們走進村裡唯一的酒吧，喝威士忌好抵禦嚴寒，然後就出發了。細長的柏油小路延伸至陡峭的山坡，半小時後，他們到了當地人所說的「懸崖」。這是一處由岩石露頭組成的海岬，峭壁垂直入海，幸好仍有一條小路可走，即使走得悠閒，他們仍然可以在四小時內完成步道，趕上巴士回都柏林。

布莉達心情還不錯。無論這一年她的人生會有何等情緒起伏，她向來無法忍受冬天。她每天只願意出門上班，晚上到學校上課，週末上電影院。她盡職地進行儀式與舞蹈——薇卡認真教學，但她仍然渴望離開這世界一下子，看到一點大自然風光。

天色陰沉，雲層很低，但體力運動與威士忌抵抗了嚴寒。道路太窄，讓他們無法並肩前進，洛倫走在前面，布莉達跟在後面，這樣實在很難對談，不過他們仍然設法講了幾句話，足以近距離感受到彼此，並享受周圍的大自然風光。

她凝視壯麗美景，帶著孩童般的迷戀眼神。好幾千年前，這裡應該就是這樣了吧，當時沒有城鎮、沒有港口、沒有詩人、沒有追尋月亮傳統的年輕女子；那時，只有嶙峋的奇岩、洶湧的海浪，在低矮雲層下展翼滑翔的海鷗。布莉達偶爾望向險峻的斷崖，甚至覺得有點頭暈。大海訴說一些她聽不懂的話語；海鷗飛翔的模式讓她難以遵循。然而，她望著這個原始世界，感覺眼前蘊藏著天地萬物的真實智慧，它不存在於她讀過的書，或者她所進行的儀式中。他們遠離港口後，其餘的一切逐漸褪色——她的夢想、她的日常生活、她的追尋。一切只留下薇卡口中的「神的註記」。

這裡只有大自然的純粹力量，那最原始的時刻，感覺自己鮮活存在於自己的愛人身旁。

走了兩小時後，小路突然變寬了，他們決定坐下來休息。他們不能停留太久。天寒地凍讓人受不了，逼得他們不得不繼續前進，但她想至少花幾分鐘在他身旁仰望白雲，傾聽大海。

布莉達可以聞到海洋的氣息，感覺自己嘴裡的鹹味。她靠在洛倫夾克上替自己取暖，這是極致的祥和時刻，她的五種感官都在運作。

是的，五種感官都在運作了。

剎那間，巫師闖進她腦海，然後旋即消失。她現在關心的只有這五大感官。它們必須持續運作。時機到了。

「我需要和你談談，洛倫。」

洛倫喃喃自語地回答，但他的內心很害怕。在他抬頭看向天空，或俯視懸崖時，他意識到這個女人在他生命中至關重要；她就是一切的解釋，也是巨岩、天地、季節存在的唯一理由。假使沒有她，就算天使飛下來安撫他，也失去了意義——天堂已經不算什麼了。

「我想告訴你我愛你，」布莉達溫柔地說，「因為你讓我認識了愛的喜悅。」

她感覺充實又完整，此處壯麗的海天景致彷彿滲入了她的靈魂。他開始撫摸她的頭髮。她確信，如果她再冒險一步，她會體驗到前所未有的愛。

布莉達親吻他，她感覺到他嘴的味道，他舌頭的滋味。她鮮明感受每一個動作，意識到他與她有同樣的渴求，因為太陽傳統總會讓人們感覺自己彷彿是第一次看見這個世界。

「我想在這裡和你做愛，洛倫。」

各種想法閃過他的腦海：這裡是公共步道，很有可能會有人出現，總有那些瘋狂的人們，會在隆冬到此一遊。但是，任何瘋狂到會這麼做的人必然能理解某些力量一旦啟動，就無法中斷。

他將手伸到她的毛衣下面，撫摸她的乳房。布莉達完全投降了。世界的力量正在穿透她的五種感官，它們正轉化為壓倒一切的能量。他們躺在岩石、懸崖與大海間的地面，頭上有海鷗飛翔，下方則是古老無生命的岩石。他們開始了，毫無所畏地做愛，因為神會保護無辜的人。

他們不再寒冷。他們的血流急促，布莉達脫下衣服，洛倫也是如此。他們完全沒有感受到疼痛，膝蓋與背部壓入地面，這些都是歡愉的一部分，讓他們的愛更為完整。布莉達知道自己快要高潮了，但它仍是一種極度疏遠的感覺，因為她完全與世界相連：她的身體和洛倫的身體與大海及岩石交融在一起，這是生，也是死。她儘可能長時間維持這種狀態，但部分的她隱約意識到這是她從未做過的事。但她此時此刻的感受，又一次讓她與自己的人生結合了，這就是生命的意義；這是重返伊甸園；夏娃重新回到亞當的肉體，在那一刻，他們兩人合為一體，創造了新紀元。

終於，她再也控制不住周圍的世界，她的五種感官似乎掙脫了，她不夠強壯，不能抓住它們。她似乎被神聖的閃電擊中，只能鬆手釋放它們，世界、海鷗、鹹味、堅硬的大地、海的氣息、雲彩，全都消失了，他們所在之處，只出現了一道巨大金光，它不斷延伸再延伸，直到觸及銀河系中最遙遠的那顆星星。

她逐漸從那狀態冷靜下來，大海與雲朵又出現了，但萬物盈滿深刻的和諧感，宇宙天地的祥和，儘管只是片刻，卻也可以解釋，因為她與世界交融了。她發現另一座連接無形世界的橋樑，她再也不會忘記通向它的道路了。

第二天，她打電話給薇卡，告訴她事情始末。薇卡好一陣子沒說話。

「恭喜妳，」她最後說。「妳辦到了。」

薇卡解釋，從此刻起，性的力量將深刻改變布莉達看待和體驗世界的方式。

「妳已經準備好禮讚春分了，但還有一件事。」

「還有一件事？但妳說只剩下它了！」

「很簡單。妳只需要想像一件洋裝，當天要穿的。」

「如果我做不到呢？」

「妳可以的。妳已經完成最困難的部分了。」

然後，就像平常一樣，薇卡改變了話題。她說她買了一輛新車，需要出門購物。她問布莉達要不要一起去？

布莉達很榮幸被邀請，也問老闆是否可以早點下班。這是薇卡第一次對她吐露情感，即使不過是找她一起購物。她知道，薇卡的很多其他弟子會非常羨慕她。

也許下午會是一個讓她表達薇卡對自己多麼重要的契機，也讓她知道布莉達有多想成為她的朋友。對布莉達來說，友誼與性靈追尋很難分開，她也為此很受傷，因為在今天之前，她的導師從未對她的私生活表現出絲毫興趣。她們的談話內容從未超越月亮傳統需要知道的知識。

∞

薇卡依照約定的時間出現，她開了一輛亮紅色的MG敞篷車，天篷拉下，這輛車是英國經典，保養得非常完美，車身閃閃發光，亮晶晶的木鑲板極為醒目。布莉達甚至不敢猜它要花費多少錢。女巫能擁有這麼高檔昂貴的跑車讓布莉達有點被嚇到了。在她認識月亮傳統以前，她小時候聽過各種女巫與魔鬼簽下可怕的契約，換取金錢和權力的傳說。

「把天篷拉下來會不會太冷？」她坐進車子時問。

「我等不到夏天了，」薇卡回答，「就是不能等。我老早就渴望要這樣開車了。」

那很好，至少在這方面，她與常人無異。

他們開車經過大街，沿途有許多長者、路人都投來欣賞的目光，幾個男人甚至吹口哨讚美。

「妳擔心自己無法想像要穿什麼衣服其實是好事，」薇卡說，布莉達其實早就忘記她們在電話裡講了什麼。

「永遠不要停止質疑。一旦妳這麼做，就表示妳已經停止前進，神會立刻介入，抽走妳腳下的地毯，因為祂就是這樣主宰被祂揀選的人們，確保他們會堅持自己走的道路，一路到底。如果出於任何原因，我們停下來了，無論是出於自滿、懶惰，或錯以為自己做得足夠了，那麼祂就會督促我們前進。

「另一方面，妳必須時時小心，不要讓懷疑癱瘓了妳。永遠果決地做出需要的決定，就算根本不確定也無所謂。在妳做決定時，謹記一句月亮傳統遵奉的古老德國諺語：『魔鬼藏在細節裡。』記住這句話，妳就總能將錯誤的決定變成正確的。」

薇卡突然停在一間修車廠前。

「這句諺語當然也有迷信的成分。」他說，「只有在需要時，它才會出手援助。我剛買了這輛車，魔鬼藏在細節裡。」

當一位汽車師傅走過來時，薇卡就下車了。

「引擎蓋壞了嗎，女士？」

薇卡甚至沒有回答。她請他替她檢查車子，當他工作時，兩個女人坐在對街一

「注意看師傅在做什麼，」薇卡望著對面的修車廠。他打開引擎蓋，站著往裡面瞧，動也不動。

「他什麼也沒碰。只是看而已。這工作他做了好幾年，他知道車子會用一種特殊的語言跟他對話，現在運作的不是他的理智，而是他的本能。」

師傅突然直接靠近引擎的一個零件，開始調整它。

「他找到問題了，」薇卡繼續。「他一分鐘也沒有浪費，因為他和汽車之間有完美的溝通。我認識的每一位好師傅都是一樣。」

「我認識的也是啊，」布莉達心想，但她總以為他們這樣做是因為不知道該從哪裡開始。她從來沒有注意過他們總是立刻抓到毛病。

「假如他們在生活中有太陽的智慧，為什麼不試著去理解宇宙的基本問題？為什麼他們寧可修理汽車或在酒吧送咖啡？」

「妳又為何認定我們走到正確的道路，全心奉獻自己，就會比其他人更瞭解宇宙萬物呢？」

「我有很多弟子。他們都是平凡人，看電影時會哭，也擔心晚歸的孩子，儘管人人都知道，死亡並不是結束。巫術只是接近最崇高智慧的一種方式，但是不管妳做什麼，全都殊途同歸，只要妳心中有愛。我們女巫可以與世界的靈魂交談，看見我們靈魂伴侶左肩上的光點，在蠟燭的光暈與寂靜間思考無限，但我們不懂汽車引擎。汽車師傅需要我們，正如我們需要他們。他們在汽車引擎看見了那條通往未知世界的橋，我們則在月亮傳統中找到它，但那是同一條通往無形世界的橋樑。

「善用妳的角色，不要在意其他人做些什麼。相信神也會和他們說話，他們跟妳一樣，也正在發掘人生的意義。」

∞

「車子沒事，」她們回到修車廠時，師傅說，「除了一條快爆裂的軟管。還好沒有造成嚴重意外。」

薇卡對修車價碼有點意見，但她很高興自己想起了那句諺語。

她們到都柏林的主要購物大街之一，剛好之前布莉達練習想像的商家也在這裡。每次轉向個人話題時，薇卡都含糊其辭，要不就是迴避答案，但她對一些瑣碎的細節——價錢、衣服、粗魯的店員——都高談闊論。那天下午她買的所有東西都顯示她的高雅品味。

布莉達知道問某人哪來的積蓄很不禮貌，她的好奇心過於強大，讓她快要忘掉基本禮節了。

她們最後在一間日本餐廳落腳，前面擺了一盤生魚片。

「願神賜福我們的事物，」薇卡說，「我們都是在未知大海航行的水手；願祂讓我們勇敢接受這一大奧秘。」

「但妳是月亮傳統的導師，」布莉達說。「妳什麼答案都知道。」

薇卡若有所思坐了許久，望著食物。

「我知道如何在現在和過去之間往返旅行。我認識靈魂的世界，我與許多力量交融流暢的程度，任何語言都難以形容。我甚至可以說，我擁有足以讓人類走到現代的無聲知識。

「但因為我全都知道，也因為我是一位導師，我清楚人們永遠不會知道我們生存在的最終原因。我們可能知道自己如何又何時何地來到這裡，但『為了什麼』是一個無法得到答案的問題。宇宙萬物的偉大建築師的主要目標只有祂自己清楚，其他人無從得知。」

兩人陷入沉默。

「現在，當我們在這裡用餐時，地球上有百分之九十九的人類正以自己的方式為這個問題困擾掙扎。我們為什麼在這裡？許多人認為他們已經從宗教或物質滿足中找到答案。其他人則消沉憂愁，浪費生命與金錢想要找到它的意義。也有人只願意活在當下，不想知道答案，也不願接受後果。

「只有最英勇的人們以及理解太陽和月亮傳統的人們才能意識到，這個問題的唯一可能的答案，就是**我不知道**。

「乍聽之下或許很嚇人，讓我們在這世界上格外脆弱，自身的存在感也非常薄弱，然而，一旦我們克服最初的恐懼，我們便會逐漸習慣唯一可能的解決方式：追隨夢想。鼓起勇氣邁出我們想走的下一步，這就是我們表達自己信神的唯一途徑。

「一旦我們接受這一點，生命就有了神聖的意義，我們會體驗到當年童女一樣的感受，就在她尋常平凡的生命中，一位陌生人出現了，向她提出一個提議。『情願照你的話成就在我身上，』童女說。因為她知道一個人所能做的最偉大的行徑，就是接受奧秘。」

薇卡又過了許久不說話，她拿起刀叉，繼續用餐。布莉達望著她，很自豪自己能在她身邊。她再也不會為自己永遠不會問的問題困擾了，也不會去問薇卡哪來的錢，或者是否曾經愛上別人或嫉妒他人。她想到真正的聖者賢人畢生都在尋找一個不存在的答案，但當他們意識到沒有答案時，也不會想發明答案。相反地，他們謙卑地生活在自己永遠無法理解的宇宙中。他們真正參與的唯一方式就是遵循自己的渴求，自己的夢想，因為人類就是這樣成為神的工具。

「所以，何必尋找答案呢？」

「我們不求答案，我們接受，讓生命變得更強烈、更輝煌，因為我們明白，每一分鐘，我們邁出的每一步，意義非凡，遠超乎我們身為人類的存在。我們知道在時間洪流中，所有問題都一定會有它的答案，我們知道，我們之所以存在，必然有原因，對我們而言，這就足夠了。

「我們帶著堅定信念縱身躍入黑夜，我們實現了古代煉金術師曾經說過的個人傳奇，我們完全屈服於每一刻，知道總會有一隻手指引我們，我們是否能虛心接受它，完全取決於我們自己。」

當天晚上，布莉達花了幾個小時聽音樂，完全臣服於能夠好好活著的奇蹟。她想到她最喜歡的作家們。其中一位——英國詩人布雷克——曾經說過一個簡短的句子，卻足以給她信心尋求智慧。

現在證明的，曾經只存於想像。

該進行她的儀式了。在接下來的幾分鐘，她會花時間對著燭火沉思，為此，她會坐在小祭壇前。沉思時，她的思緒回到那天午後，她與洛倫在岩石間熱烈做愛。海鷗時而飛得如白雲一樣高，偶爾也低飛幾乎觸及海浪。

魚兒一定自問牠們為何能高飛，這群神秘的生物衝入牠們的世界，瞬間離開，鳥兒也曾自問，牠們吃的生物，為何能生活在海浪下，順暢呼吸。鳥存在，魚也在。牠們的宇宙偶爾會碰撞，卻無法回答彼此的疑惑。但兩者都有問題，而這些問題也有答案。

布莉達望著眼前的火焰，一種奇妙的氣氛開始在她周圍醞釀。平常就會如此，但那天晚上感覺更強烈。

如果她能問一個問題，那是因為，在另一個宇宙中，一定有個答案。就算她不知道，也一定有一個人知道。她不需要理解生命的意義；找到能理解的人已經夠了，然後可以在他的懷裡，如孩童般熟睡，知道那個人比妳強壯，可以保護妳，免於魔鬼與危險的侵擾。

∞

儀式結束後，她輕聲祈禱，感激她到目前為止採取的步驟。她心存感謝，因為她問的第一個人並沒有試圖對她解釋宇宙；相反地，他讓她在黑暗的森林過夜。她需要去那裡，感謝他教給她的一切。

每次她去找那個人，她也同時在尋找其他東西；每次她找到那樣東西，她只是離開，甚至沒有說再見。但他讓她看見了她在下一個春分希望走過的那扇門，她至少應該為此說聲「謝謝」。

不，她不怕愛上他。她在洛倫眼中看見了她靈魂隱藏的那一面，儘管她可能懷疑自己真的能幻想穿上一件洋裝，但至少對於洛倫的愛，她再清楚不過。

「謝謝你接受我的邀請，」當他們坐下時，她對巫師說。他們坐在村子裡唯一的酒吧，在那裡她第一次注意到他眼中帶著的奇特光芒。

巫師什麼也沒說。他注意到她的能量完全不同了；她顯然設法喚醒了力量。

「你讓我獨自留在森林的那一天，我承諾會回來感謝你或咒罵你。我承諾在我找到道路後，我一定回來。但我沒有遵守這些承諾。我總是來尋求幫助，你也未曾讓我失望。我或許自以為是，但我想讓你知道，你就是神的工具，我更希望今晚能好好招待你。」

她準備點兩杯威士忌時，他站起來走出酒吧，帶回一瓶礦泉水以及一瓶紅酒，還有兩個玻璃杯。

「在古波斯，當兩個人聚在一起喝酒時，其中一人被選為夜之王，通常是付錢的人。」

他不知道他的聲音聽起來是否平緩，他是個戀愛中的人，而布莉達的能量也已經變了。

他將酒與礦泉水放在她面前。

「夜之王會設定談話氣氛，如果他將比較多的水倒進自己喝的第一杯酒，這表示他準備說一些嚴肅的事情。如果他平均分配水酒的分量，那麼就是認真與愉快的話題同時進行。最後，如果他將玻璃杯裝滿了酒，只加了幾滴水，那一晚絕對輕鬆歡樂。」

「我是來說謝謝的，」她又說，「因為你教導我人生就是信仰的表現，以及我值得追尋，這對我走上自己選擇的道路幫助很大。」

巫師說，既然她是夜之王，由她來決定他們該談論的話題。「我想知道你的私生活，我想知道你是否跟薇卡有過一段情。」

他點頭。她感到一種莫名其妙的妒意，她不確定自己是嫉妒他或薇卡。

「但我們從未考慮同居，」他說。他們都知道兩大傳統。他們都知道不是彼此的**靈魂伴侶**。

「我根本就不想學習如何看到光點，」她想，但現在她清楚這已經無可避免。巫師與女巫間的愛情就是這番樣貌。

她又喝了一點酒。她離目標越來越近了；現在離春分不會太久，她還可以輕鬆一下。她已經很久沒有這樣喝多了，但此時此刻，其實她最要緊的是想像一件洋裝。

∞

他們繼續說話和喝酒。布莉達想回到薇卡的話題，但她也需要他更放鬆。她一直斟酒，他們在談話中喝光了第一瓶酒，討論起在這種小村莊生活機能應該不太便利。而且，村民看見巫師，就會聯想到魔鬼。

布莉達很高興自己對他很重要；他一定很孤單。也許村民除了禮貌打招呼之外，不會有什麼人找他說話。他們開了另一瓶酒，她驚訝發現一個整日在森林企圖與神交流的人也能夠把自己灌醉。

當他們喝完第二瓶酒時，她早就忘記自己今天是來謝謝這個男人的。她和他的關係——她現在才意識到——一直是隱形挑戰。她不想把他當成平凡人，但她已經很接近了，這很危險。她偏愛的是那位帶著她爬上高處樹屋的巫師形象，而且還經常用好幾個小時對著夕陽沉思。

她開始談論薇卡，想看他的反應。她說薇卡是很棒的導師，到目前為止，已經教導自己需要知道的一切，但方式又非常微妙，彷彿她總是知道她正在學習的事物。

「而妳確實都知道，」巫師說，「這就是太陽傳統。」

「他顯然不會承認薇卡是好導師，」布莉達心想。她又喝了一杯酒，繼續談論她的導師，巫師沒有再多說什麼。

「告訴我你和她的事。」她說，看自己能否激怒他。她並不想知道，真的，但這是得到對方反應最好的辦法。

「不過是兩個年輕戀人吧，我們那個世代不懂分寸，披頭四與滾石樂團的年代。」

聽到他這麼說，她很訝異。酒沒有令她放鬆，反而讓她更緊張。她還想多問，但她意識到自己對答案不會太滿意。

「當年我們剛認識，」他完全不瞭解她的感受。「都在尋找各自的道路，在我們碰巧找上同一位導師時，我們的道路有了交集。我們一起學習太陽傳統與月亮傳統，以自己的風格成了導師。」

布莉達決定繼續追問話題，兩瓶酒會讓完全陌生的人感覺彼此從小就認識了；酒會帶給人勇氣。

「為什麼分手了？」

輪到巫師再點一瓶了。她注意到這一點，變得更加緊張。她不願發現他仍然愛著薇卡。

「當我們學到**靈魂伴侶**時，就分手了。」

「如果你沒有在**靈魂伴侶**的眼中看見獨特光彩，或是那些肩膀上的特殊光點，你們還會在一起嗎？」

「我不知道。我只知道，儘管我們繼續交往，也不會有好結果。只有找到**靈魂伴侶**，我們才能瞭解人生與宇宙。」

布莉達頓住了，突然不知道該說什麼。

巫師開口。

「我們走吧，」他說，從第三瓶酒喝了一口。「我需要感覺冷風吹在臉上。」

「他醉了，」她想。「而且他害怕。」她很自豪；因為自己酒量比他好，而且她一點也不害怕失去控制。那晚她是出門享樂的。

「再待一下，我才是夜之王啊。」

巫師又喝了一杯，但他知道自己已經到了極限。

「你從來不問我的私事，」她挑釁。「你不好奇嗎？還是你能用你的力量看穿我？」

有那麼一秒鐘，她覺得自己過頭了，但後來她屏棄這個念頭。她只是注意到巫師眼神的變化；現在它們散發出截然不同的光芒。布莉達體內似乎有些東西打開了，或者，更確切地說，她有種牆倒塌的感覺，而且，牆一倒，她就可以為所欲為了。她想起他們上一次獨處，她原本渴望陪著他，但他卻非常冷漠。現在她明白，那天晚上她不是為了感謝他去找他，她是想報復：告訴他，她在另一個男人身上發現力量——那是她愛的男人。

「為什麼我想報復？我怎麼會生他的氣？」她納悶，但喝了那些酒讓她無法順利找出答案。

他望著坐在對面的年輕女子，腦海不斷思考對她展示力量的心願。許多年前，像這樣的一個夜晚，他的人生起了天翻地覆的變化。那或許是披頭四與滾石樂團的年代，但那時候也有人正在努力尋求他們自己甚至不相信的未知力量。他們利用魔法，同時認定自己能超越那股力量，深信一旦自己覺得無聊，就可以與傳統一刀兩斷。他就是其中之一。他透過月亮傳統進入神聖世界，學習儀式，走過了那一條連接現實與無形世界的橋樑。

起初他獨自嘗試理解這些力量，從書上學習，不靠任何人協助。後來，他遇到了他的導師。第一次見面時，導師告訴他，通過太陽傳統學習會更好，但巫師不願意。月亮傳統比較有趣；它可以行使古老儀式，學習時間的智慧。因此，他的導師教了他月亮傳統，但也說他終究會走向太陽傳統的道路。

當時的他對人生，對自己在各方面的斬獲無不自信滿滿。他的事業成就輝煌，他還打算利用月亮傳統實現自己的目標。為此，巫術要求他首先成為一名導師，並且絕對不得侵犯月亮導師的一大禁忌：永遠不干涉他人的自由意志。他可以利用他的魔法知識在世上開闢自己的道路，但他不能僅因為某人妨礙他就擺脫對方，也不能強迫別人跟隨自己的路。這是唯一的禁令，一棵他一定不能摘果子下來吃的果樹。

一切都很順利，直到他愛上了導師的另一個弟子，她也愛上了他。兩人都了解傳統；他知道他不是她的男人，她也知道她不是他的女人。然而，他們屈服於彼此的愛，任憑時間在該來的時刻讓他們分離。但這完全沒有削弱彼此的激情，反而讓他們將每一分每一秒當作最後一刻在過，他們之間的愛擁有海枯石爛、歷久彌新的永恆特質，強烈得讓他們以為彼此就要離開這個世界了。

然後有一天，她遇到了另一個男人。這個人對傳統一無所知，他的左肩上方沒有光點，眼中也不帶有獨特的光芒，這表示此人並非她的**靈魂伴侶**。然而，愛不談道理，她墜入愛河；對於她而言，她與巫師的時間到了。

他們吵架爭執；他懇求哀求。他甘願做出所有屈辱的行為。他學到自己做夢也沒想過的：希望、恐懼、接受。「他的左肩上方沒有光點，」他爭辯，「妳自己告訴我的。」但她不在乎。在她終於遇上**靈魂伴侶**之前，她還想認識其他男人，體驗世界。

巫師設定自己為愛痛苦的停損點，一旦到達，他就會把她全部忘記，現在他不記得了，但他確實到達那一點，但他沒有忘記她，反而發現他的導師是正確的——

情緒就像野馬，需要智慧才能控制它們。他的激情比他學習月亮傳統的那些年更熱烈，比他學過所有思想控制的技巧都強，比他達到自己的目的，驅策自己必須服從的嚴格紀律還要嚴。激情是一種盲目的力量，它不停在他耳邊低語，告訴他一定不能失去那個女人。他不能對她做任何事；她也是導師，像他一樣，她在她的許多前世學會了她的技巧，她的幾次前世也享受過榮華富貴，卻也曾遭逢火刑折磨。她知道如何保護自己。

然而，還有第三方捲入這場激烈的戰鬥，一個陷入神秘命運網羅的男人，一個巫師與女巫都無法理解的網。這個平凡男子，也許和他一樣深愛那個女人，只希望她快樂，為她盡自己最大努力。神意的奧秘大能將這個凡人突兀地丟到戰場中央，與認識月亮傳統的男人與女人搏鬥。

一天晚上，在他再也無法忍受痛楚時，他吃了禁果。他利用時間的智慧教導他的力量與知識，將那個男人從他所愛的女人生命中移除了。

∞

直到今天，他還不知道她是否發現，但也有可能她早已厭倦了自己的新戰利品，毫不介意他離開。然而，他的導師很清楚。他的導師向來無所不知，而且，月亮傳統對那些發起黑魔法的人一點也不留情，特別是那些企圖影響人類情感中最重要以及最脆弱的：愛。

他與導師對峙時，他明白自己的神聖誓言不能被打破。他知道他自以為能操控的力量比他強大許多。他瞭解，他已經走上自己選擇的道路，那不是一條人人都能走的路。他清楚，在這一世，他永遠不能離棄這條路。

如今，犯了錯的他，必須付出代價，他得喝下最殘忍的毒藥——孤獨——直到愛認為他可以轉化成一名導師。然後，那被他弄得遍體鱗傷的愛會重新釋放他，讓他看見自己的**靈魂伴侶**。

「你從來不問我的私事，你不好奇嗎？還是你能用你的力量看穿我？」

他只用了一秒鐘的時間回憶過往，恰好讓他決定該不該讓一切順應太陽傳統進行，或是告訴她光點的奧秘，從而干擾命運。

布莉達想成為女巫，但她的野心還沒達成。他記得在樹上的小屋時，他幾乎想告訴她真相；現在他再次被誘惑了，因為他已經降低戒心，忘記魔鬼總是藏在細節裡。我們都是自己命運的主人。我們很容易一遍又一遍犯同樣的錯誤。我們很容易逃離自己渴望的一切，無視生命慷慨給予我們的厚禮。

或者，我們也可以向至高無上的神意投降，牽著神的手，為我們的夢想而戰，相信時機成熟時，它們就會出現。

「我們走吧，」他說。布莉達看出這次他是認真的。她堅持付錢，畢竟，她是夜之王。他們穿上外套，走進寒夜，現在寒風已經不太刺骨——再過幾週，春天就要來了。

他們一起走到公車站。有輛公車再過幾分鐘就要開走了。在冷風中，布莉達的不悅被一種可怕的困惑感取代了，她無從解釋。她不想上那輛公車；一切都錯了；

她似乎完全沒有達到今晚的目的，她需要在離開前把一切搞清楚。她是來感謝他的，但她的表現卻跟前兩次一樣。

她沒有上車，她說不舒服。

十五分鐘過去了，另一輛公車到了。

「我不想離開，」她說，「不是因為我喝太多想吐，而是我把事情全搞砸了。我沒有如我計畫中那樣感謝你。」

「這是最後一班車了，」巫師說。

「我晚點叫計程車，雖然不便宜。」

公車離開時，布莉達又後悔沒有上車。她很困惑。她不知道自己想要什麼。

「我喝醉了，」她想，然後說：

「我們走一走吧。」

他們漫步在空蕩蕩的村莊，路燈亮了，窗戶都黑了。「這不可能。我在洛倫眼中看到光芒，但我卻想留在這裡，跟這個人在一起。」她只是個心思多變的平凡女人，不配從巫術學到那麼多知識，也不值得有這麼多豐富的經歷。她為自己感到羞愧：她只喝了幾杯酒，結果洛倫——她的**靈魂伴侶**——以及她在月亮傳統學到的一切突然變得不重要了。她短暫思考自己是否全錯了，也許洛倫眼中的光不是太陽傳統中所指的光。但是，不，她只是在騙自己；不會有人認不出**靈魂伴侶**眼中的光。

如果她在擁擠的劇院遇見洛倫，之前從未和他說過話，在兩人眼神交會的那一剎那，她絕對會明白，他就是她的男人。她會想辦法接近他，他會歡迎她的主動，因為傳統永遠不會出錯：**靈魂伴侶**最終總會找到彼此。早在她對**靈魂伴侶**有任何概念前，她便經常聽到人們談論這莫名其妙的現象：一見鍾情。

任何人都能認出那道光芒，不需要魔法力量。在她認識它之前，就已經知道它的存在。例如，她第一次與巫師去酒吧那一天，她也在他眼中看見了。

她停下腳步。

「我醉了，」她再次這麼想。她只須忘掉一切就好。她需要數錢，看看她是否有足夠的計程車資回家。這很重要。

但她看到了巫師眼中的光芒，代表他是她的**靈魂伴侶**。

「妳臉色好蒼白，」巫師說，「妳一定喝太多了。」

「等會就沒事了。我們先坐下來一會兒，然後我再回家。」

他們坐在長凳上，她在背包摸索找錢。她可以站起來叫一輛計程車，永遠離開這裡。她有導師，她知道如何繼續自己的道路。她也知道她的**靈魂伴侶**；如果她決定現在離開，她仍然能履行神為她設定的使命。

她可能只有二十一歲，但她已經知道可能在同一世遇見兩位**靈魂伴侶**，那結果必然是痛苦折磨。

她該如何避免？

「我不回家了，」她說。「我要待在這裡。」

巫師眼神發亮，剛才的小小心願，如今已成事實。

他們繼續走。巫師望著布莉達的光暈不斷轉換顏色，希望她是走在正確的道路上。他理解風暴與地震足以震撼他的**靈魂伴侶**的靈魂，但也清楚這就是轉化的特質。地球、星辰與人類也是這樣演化的。

他們離開村莊，走進鄉間，朝他們經常見面的山區前進，這時布莉達請他停下來。

「我們走這條路吧，」她說，她轉向一條通往麥田的小徑，雖然她自己也不知道為什麼。她只是突然覺得自己需要感受大自然的力量以及友善的靈魂，它們從地球初始以來，便居住在最可愛的角落。一個龐然的月亮在夜空閃閃發光，照亮周圍的道路與村莊。

巫師一句話也沒說，一路跟著她。他內心感謝神對他的信任，不允許他再次犯同樣的錯誤，一分鐘前，他便如此祈禱，隨即得到了祂的答覆。

他們穿越麥田，它早已被月光染成一片銀色大海。布莉達漫無目的地走，不知道下一步會是什麼。她內心的聲音告訴她，她應該前進，她像她的前輩一樣堅強，不用擔心，因為她們就在這裡指引她的腳步，用歲月的智慧保護著她。

他們在麥田間停下來。群山包圍他們，其中一座山其實只是一塊大岩石，人們可以爬到上面欣賞日落美景；那裡也有比其他樹屋都高的獵人小屋，還有一處森林，有一位年輕女子曾在這裡面對恐懼與黑暗。

「我準備好了。」她心想。「我準備好了，我知道我受到保護。」她想起家中不滅的燭光，這是她與月亮傳統的印記。

「這裡很美，」她說，停了下來。

她拿起一根樹枝，一面背誦導師教她的聖名，一面畫出一個大圓。她沒有帶上進行儀式的短劍，也沒有其他聖物，但她的前輩就在這裡，她們正在告訴她，為了不要遭受火刑，她們曾經交出廚房餐具。

「世上的一切都是神聖的。」她說。樹枝是神聖的。

「是的，」巫師回答。「世上的一切都是神聖的，一粒沙也可以成為通向無形世界的橋樑。」

「此時此刻，通往無形世界的橋樑，就是我的**靈魂伴侶**。」

他的眼睛充滿淚水。神是公平的。

他們兩人走進地上的圓圈，她將它畫滿。這是巫師與女巫自古以來就使用的保護手法。

「你很慷慨，向我展示你的世界，」布莉達說。「我舉行這個儀式，表明我也屬於那個世界。」

她舉起雙臂對著月亮，喚醒大自然的魔力。她在林地經常看到導師這樣做，現在她也學著薇卡的作法，有把握不會出錯。力量正告訴她，她不需要任何東西；她只需要回憶，身為女巫的自己在許多次的前世都曾經這麼做，她祈禱大地即將豐收，土地永遠肥沃。她就是女祭司，儘管年齡不同，卻足以將地球的知識與種子的轉化匯集，潛心祈禱，同時她的男人也正在努力耕耘。

巫師讓布莉達邁出第一步。他知道在某個階段，他必須出手掌控，但他需要在空間和時間留下紀錄，讓她開始這個進程。他的導師當下正在星際間徘徊，等待他的下一世降臨，但導師也在那片麥田裡，剛才也在酒吧裡，也見證了他最後的誘惑，他一定很高興弟子終於從痛苦中得到教訓。巫師默默聆聽布莉達的召喚。當她停下來時，她說：

「我不知道為什麼我這麼做，但我知道我盡力扮演自己的角色了。」

「我來繼續，」他說。

然後他轉向北方，模仿那現今只存在於神話傳說中的鳥類叫聲。這是唯一欠缺的細節。薇卡是很好的導師，幾乎傾囊相授，除了結尾。

當那神聖的鶺鴒與鳳凰的聲音被召喚時，圓圈充滿了光，那是神秘的光，它不會照亮周遭，但儘管如此，它仍然是光。巫師看著他的**靈魂伴侶**，她就在這裡，盈滿了她的永恆肉體，她的肚臍與頭頂隱約浮現金色光絲。他知道她也看到了同樣的東西，以及他左肩上的光點，或許會有點模糊，可能因為他們之前喝了酒。

「我的靈魂伴侶，」當她看到光點，她輕聲說。

「我要和妳一起走過月亮傳統，」他說。轉瞬間，他們周圍的麥田成了一片灰色沙漠，沙漠中有一處聖殿，一群婦女身穿白衣，在殿堂大門前跳舞。布莉達與巫師從高高的沙丘上觀賞，她不知道這些人是否能看到她。

她感覺巫師在她身邊，很想問他這個畫面有什麼意義，但是她不能說話。他看到她眼中的恐懼，他們又回到麥田中的光圈。

「那是什麼？」

「我給妳的禮物。這是月亮傳統的十一座秘密聖殿之一。這是愛與感激的禮物，謝謝妳的存在，因為我等了好久才找到妳。」

「帶我一起走，」她說。「讓我知道如何走過你的世界。」

他們一起穿越時空，穿越兩大傳統。布莉達看見滿地鮮花，以及書本上才見過的珍奇動物，神秘的城堡以及彷彿飄浮在光與雲上的城市。當巫師在麥田上方為她畫出傳統的神聖象徵時，天空亮了起來。在那一剎那，他們彷彿站上極地冰原，但那裡似乎不是我們的星球：有一些體型較小的生物，有著修長指頭以及奇怪的雙眼，它們正在打造一個巨大的宇宙飛船。每次她要對他說點什麼時，畫面就會消失，被其他的取代。布莉達的女性靈魂明白，她身邊的男人試圖向她展示他多年來學到的一切，他一定癡癡等待這一刻，好把禮物送給她。他現在可以毫無畏懼地將自己交給她，因為她是他的**靈魂伴侶**。她會隨他到至福樂土，那裡住了許多啟蒙神靈，其他仍然在尋覓啟發的靈魂經常造訪，好讓自己充滿希望。

∞

她說不清楚時間過了多久，才發現自己又回到剛才畫的圓圈，她早就認識愛情，但直到那晚，她才知道愛情也代表著恐懼。這種恐懼，無論多麼微小，也總是戴著一層面紗；透過它，幾乎什麼都看得見，顏色卻晦暗不明。在那一刻，與**靈魂伴侶**在一起時，她明白，愛是一種全然與色彩結合的感受，彷彿成千上萬的彩虹疊加在另一個之上。

「我竟然錯過了這麼多，只因為我害怕錯過，」她凝視著那些彩虹。

她躺下來，巫師在她身上，左肩上有一個光點，光芒從他的頭頂與肚臍散發出來。

「我想和你談談，但我不能，」她說。

「因為酒。」他回答。

酒吧、紅酒與不悅都是遙遠的記憶了。

「謝謝你給我這些幻覺。」

「這些不是幻覺，」發光的巫師說。「妳看到的是地球與遙遠星球的智慧。」

布莉達不想談這些。她不要上課。她只想要好好體驗。

「我現在也充滿光了嗎？」

「是，就像我一樣。相同的顏色，相同的光，相同的能量。」顏色變成金黃色了，肚臍與頭頂湧出的能量波則是燦爛的寶藍色。

「我感覺我們曾經迷失，如今被救贖了，」布莉達說。

「我累了。我們該回去了，我也喝了不少。」

布莉達知道那個有酒吧、麥田與公車站的世界，但她不想回去，只想永遠待在麥田。她聽見遠處傳來人聲，彷彿在召喚，她周圍的光漸漸褪去，最後完全消失。巨大的月亮照亮了夜空與村莊。他們赤身裸體在彼此的懷裡。他們既不寒冷也不羞愧。

∞

巫師要她結束儀式，因為是她起的頭。布莉達說了她懂的話語，他在必要時提供幫助。等到最後一段話說完時，他才打開魔法圈。他們穿好衣服，坐在地上。

「我們離開這裡吧，」布莉達過了一會兒說。巫師站起來跟著她。她不知道該說什麼；她覺得很尷尬，他也是。他們承認彼此相愛，現在，正如任何情侶，他們很困窘，無法直視對方的眼睛。

然後巫師打破沉默。

「妳該回去都柏林了。我知道計程車行的電話。」

布莉達不知道該失望還是解脫。剛才的歡愉已經被反胃與頭痛取代。她很確定自己是很糟的伴侶。

「好。」她說。

他們走回村子。他從電話亭打電話叫了計程車。然後，他們坐在路邊等計程車。

「今晚我要感謝你，」她說。

他什麼也沒說。

「我不知道春分儀式是否只有女巫參加，但對我而言會是非常重要的一天。」

「派對就是派對。」

「那麼我想邀請你。」

他做了一個手勢，好像想改變話題。他一定跟她想著同樣的事情：一旦你找到了**靈魂伴侶**，要離開她／他真的非常困難。她想像他一個人回家，納悶她什麼時候才會回來。她會回來的，因為她的心告訴她要回來，但是森林的寂寥比城鎮的孤獨更難承受。

「我不知道愛情是否會突然出現，」布莉達繼續，「但我知道，我開放去愛，也隨時準備愛人。」

計程車來了。布莉達再次看著巫師，感覺他年輕了很多。

「我也準備好愛人了，」他說。

陽光從閃閃發亮的乾淨窗戶灑進寬敞的廚房。

「妳睡得好嗎，親愛的？」

她的母親將一杯茶放在桌上，還有一些烤麵包。然後，她回到煎鍋前，她正在煎荷包蛋跟培根。

「是的，我睡得不錯，謝謝。」

她的母親將蛋與培根送到她面前，然後坐了下來。她知道女兒遇上一些奇特的事情，但對此無能為力。她今天想和她徹底談談，之前沒有過這樣，但她想應該也不會有什麼特別的收穫，畢竟現在外面已經是個全新的世界。一個她不認識的世界。

她擔心女兒，因為她愛她，也因為布莉達在這新世界孤單一人。

「我的洋裝會準備好的，對嗎？媽？」

「是的，午餐前，」她的母親回答。這讓她很高興。至少世上有些事從未改變。母親依舊為女兒解決各種疑難雜症。

她遲疑了，然後問道：

「洛倫最近好嗎？」

「很好。他明天晚上來接我。」

她感到鬆了一口氣的同時，卻也有點哀傷。心的問題總會讓靈魂受傷，她衷心感謝神，她的女兒沒有這樣的問題。另一方面，或許這也是她可以提供自己的建議的領域，畢竟幾百年來，愛幾乎沒有什麼改變。

∞

她們出門到小鎮散步，布莉達在這裡長大。屋舍仍然維持早年樣貌，人們也在忙著自己一直在做的事情。她的女兒遇到幾個老同學，有人現在在鎮上唯一的銀行工作，要不就在文具店上班。大家打了招呼，停下來聊天。有人說布莉達越來越漂亮了。大約十點鐘時，兩人走到她的母親在週六時常去的咖啡館，當時她還沒遇見她的丈夫，她期盼與人邂逅，捲入旋風般的浪漫情節，讓她不要每天過著一模一樣的日子。

當她告訴布莉達鎮民們的最新動態時，她又看了看女兒。布莉達仍然很感興趣，這讓她很開心。

「我今天真的得穿那件洋裝，」布莉達說。她似乎很擔心，但那不可能是原因。她知道媽媽永遠不會讓她失望。她的母親決定冒險問小孩總是討厭的問題，畢竟他們已經獨立自主，有能力解決自己的問題。

「妳是在擔心什麼嗎？」

「媽，妳曾經同時愛過兩個男人嗎？」她的聲音中有種倨傲，彷彿認定人生特別為她設了陷阱跳下去。

她的母親吃了一口蛋糕。眼神變得遙遠，似乎在尋覓一段早已逝去的歲月。

「有的。」

布莉達震驚地望著她。

她的母親笑了笑，邀她繼續散步。

∞

「妳爸是我的初戀，也是我的摯愛，」她們一離開咖啡館，她便這麼說。「我跟他在一起仍然很開心，在我比妳現在的年紀還小的時候，我擁有自己夢寐以求的一切。當時，我和朋友們相信愛是人生的唯一目的。如果沒有找到人分享，就不能說自己實現了夢想。」

「講重點，媽，」布莉達失去耐性了。

「我還有其他夢想，例如，我也想做妳做過的那些事，到大城市，發掘小鎮外的世界。我讓父母接受我的決定的唯一方式，就是說服他們我需要學一些家鄉沒有提供的課程。

「我好幾個晚上沒有睡覺，思考該如何與他們討論這個話題。我把自己想說的話一個字一個字都計劃好了，也預設他們會提出的疑問，自己又該如何回答。」

她的母親從來沒有跟她說過這些話。布莉達感覺很親密，也有點遺憾，她們早就可以享受這種時刻，但彼此都太忙於自己的人生，堅持自己的價值觀。

「在我準備跟我父母談的前兩天，我認識了妳爸。我望著他的眼睛，看見裡面閃耀著獨特的光彩，彷彿遇見了世界上我最想要認識的人。」

「是的，我也有相同的經驗。」

「遇見妳爸之後，我意識到自己的追尋已經結束。我不需要對任何人解釋。住在這裡，每天看到同一群人，做同樣的事情，並不令我沮喪。每一天都是不一樣的，因為我們之間有偉大的愛。

「我們開始交往，然後結婚。我從未和他談論過我夢想到大城市生活，探索其他地方，認識不一樣的人們。因為突然間，小鎮就是我的世界，愛成為我對人生的解釋。」

「妳剛才提到還有別人，媽。」

「讓我給妳看一樣東西，」她的母親回答。

∞

她們走到一處石階底部，它們能走上小鎮的天主教堂，幾世紀以來，石階已經遭受數度摧毀與重建。布莉達之前每個星期天都會來做彌撒，她回憶自己小時候爬那些石階上去有多麼困難，每段欄杆刻了一位聖人——聖保羅在左側，聖詹姆斯在右側——歲月與觀光客已經讓祂們磨損得差不多了。地面覆蓋乾枯樹葉，感覺即將到來的是秋天，不是春天。

教堂在山頭上，因為綠樹蓊蓊，山下很難看見它。她的母親坐上第一道石階，邀她坐下來。

「就是在這裡發生的，」她說，「有一天下午，不知道為什麼，我突然決定要來這裡祈禱。我需要獨處，思考人生，我認為教堂會是個很好的去處。

「我到這裡時，遇到了一個男人。他坐在妳現在的位置，身旁有兩只行李箱，看起來完全迷路了，忙著翻閱手上的書。我還以為他是在找旅館的觀光客。我甚至開始跟他說話。一開始他有點被嚇到，後來就放鬆了。

「他說他不是迷路。他是考古學家，本來要往北行——那裡發現了一些遺址——結果汽車引擎掛了。修車師傅就在路上，所以他決定去看看教堂。他問我小鎮以及村莊的事，這裡的歷史紀念碑等等。

「突然間，我一直設法努力解決的問題全都消失了，好像出現了魔法。我開始覺得自己很有用處，告訴他我所知道的一切，我在這裡住了這麼多年，終於有了存在的意義。我面前這個男人研究人類與社會，我有可能就此留在他的記憶中，甚至為後代創造一點用處與福祉，我告訴他自己從小聽過或發現的一切知識。坐在台階上的那個男人讓我明白，我對於世界以及國家還是很重要的，我覺得自己有能力，這是身為人類所能擁有最棒的感覺。

「我介紹完教會之後，我們繼續談論其他事情，我告訴他我以小鎮為榮，他回了我一段某位作家說的話，我不記得是誰了，有點像是認識自己的村莊，就是認識世界。」

「托爾斯泰，」布莉達說。

但是她的母親仍在時光旅行，就像她之前那樣，只是她不需要在空中飄浮的大教堂、地下圖書室或覆滿塵土的典籍；她只需要那個春天午後的回憶，以及帶著行李箱，坐在台階上的男人。

「我們聊了很久。我整個下午都跟他在一起，因為師傅隨時會來，我決定充分善用每一秒。我問他，他的世界的模樣、考古行動以及他在現代尋找過去的種種挑戰。他向我講述曾經居住在我們國家的戰士、巫師與海盜的故事。

「時間過得很快，太陽已經低垂在地平線上，這輩子我從來沒有感覺時光流逝如此迅速，我知道他也有同感。他不停要求我繼續說話，不讓我離開，他想知道關於我的一切，他也告訴我他的所有人生經驗。我看出他眼中想要我的渴望，但那時，我的年紀已經是妳現在的兩倍了。

「那是春天，空氣中瀰漫著一種萬物更新的甜美氣息，我又青春年輕了。有一種花只在秋天綻放；那天下午，我感覺自己就像那種花。彷彿突然間，當我人生步入秋天，在我自認已經體會了一個人一輩子所能經歷的一切時，那個台階上的男人出現了，純粹只是為了告訴我，情感——例如愛——不會隨著肉體衰敗老化。情感屬於一個我不知道的世界，那是一個沒有時間，看不見空間，毫無疆界的世界。」

她沉默了一會兒，眼神仍然膠著在那個遙遠的春天。

「而我，就像一個三十八歲的青少年，感覺有人想要我。他不想讓我離開。然後，突然間，他不說話了。他深深望著我的雙眼，微笑了。似乎在說，他懂我的思緒，也想告訴我，這一切都是真實的，我確實對他很重要。有好長一段時間，我們沒有說話，最後，我們跟彼此道別。修車師傅當時也還沒出現。

「事後好幾天，我一直在想那個人是否真的存在，或者他是神派來的天使，以便教導我人生的祕密課程。最後，我確定他是個貨真價實的男人，一個愛我的男人，即使從頭到尾只有一個下午，但在那天下午，他給了我他一生保留的一切：他的奮鬥、他的喜悅、他的困難以及他的夢想。那天下午，我也把自己完全給了他——我是他的伴侶，他的妻子，他的聽眾，他的情人。短短幾小時，我體驗了一輩子的真情摯愛。」

∞

∞

媽媽看著女兒。她希望她的女兒懂了，但內心深處，她總覺得布莉達生活在一個愛沒有容身之處的世界。

「我從未停止愛妳爸一天。」她總結，「他一直陪著我，盡他最大的努力，我想和他一起走到生命盡頭。但人心很神秘，我仍然不明白那天下午發生了什麼事。我只知道，那個人讓我更有自信，讓我知道，我仍然能夠愛人和被愛，更教會了我一些永遠不會忘記的事：找到生命中最重要的事，並不代表必須放棄其他的一切。

「我仍然偶爾想起他。我想知道他在哪裡，是否找到了那天下午他原本要找的東西，他是否還活著，還是神已經帶走了他的靈魂。我知道他再也不會回來，所以我才能如此肯定堅強地愛著他，因為我永遠不會失去他；那天下午，他將完整的自己交給了我。」

她的母親站起來。

「我該回家完成妳的洋裝了，」她說。

「我在這裡再坐一會兒，」布莉達回答。

她走到女兒身旁，憐愛地親吻她。

「謝謝妳聽我說話。這是我第一次將這段往事告訴別人。我一直很怕在我死之前沒機會這麼做，讓它就這麼在地球表面消失。現在，讓妳為我保守祕密吧。」

布莉達走上台階，站在教堂外面。這座小型圓形建築是地方的驕傲。這裡是愛爾蘭最早進行基督教禮拜的場所之一，每年都有學者與觀光客前來參觀。西元五世紀的原始建築樣貌已不復見，只留下一些地板碎片，但每一次的破壞都留下了些許的完好，因此觀光客可以藉此追溯教堂肇始以來各種建築風格的歷史。

裡面正在演奏管風琴，布莉達站在外面，聽了一會兒音樂。教堂裡的一切都是如此清晰明確，宇宙在它應該在的位置，任何走進大門的人都無須多慮擔心。天上沒有什麼奇特神秘的力量，人們不用盲目相信黑夜的召喚。不會有人們必須接受火刑的焦慮，世界宗教在這裡如此融合，彷彿已經組成一大聯盟，讓人與神更加緊密。她腳下的島嶼卻是這個祥和共存體的例外——在北方，人們仍借宗教之名相互殘殺，但一切終究會終結。神早已被詳盡詮釋：祂就是我們大能慷慨的天父，我們都被救贖了。

「我是個女巫，」她對自己說，努力壓抑想走進教會的衝動，內心天人交戰。她屬於一個截然不同的傳統，即使它尊崇同一位神，如果她走過那些門，她會褻瀆那裡，反之，她也將被褻瀆。

她點了一根菸，凝視著地平線，試圖不去想這些事。相反地，她想起媽媽，她想跑回家，用雙臂摟住她的脖子，告訴她，兩天之後，她就要接受啟始式，踏入巫術的龐然奧秘，還有，她嘗試過時光旅行，體驗過性的力量，還能用月亮傳統的技巧猜出商店的櫥窗展示。她需要愛與理解，因為她還知道一些不能告訴任何人的故事。

管風琴停了，布莉達再次聽見鎮上的喧囂、鳥兒的啼叫，風攪動樹枝，宣示春天的到來。教堂後面有一扇門打開，有人離開了。一剎那，她看見自己童年的某個星期天，就站在現在的位置，心情非常沮喪不悅，因為彌撒很漫長，星期天又是她唯一可以自在探索田野的日子。

「但後來，我也遭受火刑了，」她對自己說。她記得薇卡在紀念女巫殉難日那天的祈禱。在禱告中，她提到耶穌與聖母瑪利亞。愛大於一切，愛情中沒有仇恨，只有偶然的錯誤。在某一剎那，人或許決定讓自己成為神的代言人，卻還是犯了錯，但神與那些錯誤毫無關聯。

她終於走進去，裡面沒有其他人了。幾根點燃的蠟燭顯示，某人在那天早上用他們能感知的力量重振人與神之間的結盟，越過了可見與無形間的橋樑。她對於自己走進教堂前的思緒感到很慚愧：認定這裡無法提供解釋，人們得抓住機會，縱身躍入信仰的黑暗之夜。但在她面前，展開雙臂的正是那再單純不過的神。

祂幫不上她。她只能獨自決定，沒有人可以幫她。她需要學會甘冒風險。她沒有如她面前這位上了十字架的男人的優勢，祂知道自己的使命，因為祂是神的兒子。祂從未犯錯。祂也不識人類的平凡愛情，只愛祂的天父。祂唯一要做的就是揭示祂的智慧，教導人類通往天堂的真正道路。

但如此而已？她還記得主日學的教義課，那位牧師比其他人更有慧根，大家正好學到耶穌流著血，向神祈禱，請祂拿走祂被迫喝的杯子。

「但是，為什麼要這樣呢？祂不是已經知道自己是神的兒子嗎？」牧師問。「因為祂心裡知道而已。如果祂絕對確定，祂的使命將毫無意義，因為祂不會完全是人。是人就會有疑慮，卻仍然堅持在道路上。」

她又看了看耶穌的畫像，這是她一生中第一次感覺與它更接近。也許有一個又害怕又孤單的人，在面對死亡之際，問：「天父啊，天父，汝何以背棄我？」如果他這麼問，那是因為連祂也不確定自己何去何從。他抓住機會，像所有人一樣，躍入了黑夜，知道祂會在他旅程結束時，為他找到答案。祂也得經歷決定的焦慮，為了尋找人類的祕密與律法的神秘，離開父母以及祂出生的小村莊。

假使祂經歷了這一切，那麼，祂一定認識愛，即使福音從來沒有提到——人類之間的愛比對崇高大能的愛更難以理解。但現在她想起來了，祂復活之後，在一位女性面前首度現身，她一路陪祂到最後。

那沉默的肖像似乎同意。祂認識人、酒、麵包、派對與世上所有美女。祂不可能不識女人的愛，所以祂才在橄欖山流下鮮血，畢竟，在認識一個人的愛之後，很難就此離開凡世，為了對世人的大愛而犧牲自己。

祂經歷了世界所能提供的一切，然而，祂持續自己的旅程，知道黑夜會在十字架或火堆上結束。

「主啊，在世上的我們，全都必須承擔黑夜的風險。我害怕死亡，但是更恐懼浪費生命。我害怕愛，因為它超出我們的理解；它散發燦爛的光，但投下的陰影卻足以嚇壞我。」

她突然意識到自己在祈禱。那沉默單純的神正凝視她，顯然理解她的話，並認真看待。

有那麼一會兒，她坐著等待祂的回應，卻什麼也沒聽見，也沒有感受任何徵兆。答案就在她眼前，在那位釘在十字架上的男人。祂克盡了自己的本分，讓世界知道，如果大家都扮演好自己的角色，不會再有人受苦，因為祂已經為那些有勇氣為自己夢想奮戰的人承受苦難了。

布莉達發現自己正在默默啜泣，但她真的不知道為什麼。

天氣很陰，但不會下雨。洛倫在這個城市住了很多年，早就知道雲的動向。他站起來走進廚房煮咖啡。水沸騰時，布莉達加入了他。

「妳昨天很晚才睡，」他說。

她沒有回答。

「就是今天了，」他接著說，「我知道這對妳有多重要。我很樂意陪妳。」

「那是一場派對，」布莉達說。

「什麼意思？」

「那是派對，我們從認識以來，總是一起參加派對，你也獲邀參加了。」

巫師出門查看前一天的大雨是否破壞了花園裡的木馬。它們很好，他對自己微笑，大自然的力量有時候還是很配合的。

他想到薇卡。她之所以看不到光點，因為它們只讓**靈魂伴侶**彼此看得見。但她絕對注意到他與她的弟子之間流動的光線能量。畢竟，女巫仍然是女人。

月亮傳統將之描述為「愛的幻象」，雖然這種事可能發生在彼此不是**靈魂伴侶**的戀愛中的男女之間，但他想像，就算如此，她必然滿腔怒火，女性的怒火大概就像白雪公主的繼母那樣，無法忍受另一個女人比自己更美。

然而，薇卡是導師，她馬上就會意識到這種憤怒有多荒謬，但到那時候，她的光暈也早就變色了。

他會去找她，親吻她的臉頰，說他看得出來她在嫉妒。她一定會否認，但他還是會問她為什麼生氣。

她會說她是女人，不需要解釋她的感受。他會再吻她的臉頰，因為她說的是真話。他會告訴她，他們分開之後，他有多麼想念她，他崇拜她的程度仍然遠遠超過世上任何女人，除了布莉達，因為布莉達是他的靈魂伴侶。

聰明女人如薇卡，應該會很開心。

「我一定是老了，」他想。「我開始想像對話。」然後，他突然想到，這不僅是年齡問題，戀愛中的男人總是如此。

薇卡很高興，因為雨停了，烏雲在夜幕降臨前就會散去。自然需要與人類的作息一致。

她採取了一切必要的步驟；人人都發揮了自己的作用；一切都到位了。她走到祭壇前，召喚她的導師。她請他當晚在場。三位新女巫將接受啟始，進入偉大奧秘的世界，她是唯一的負責人。

然後她走進廚房煮咖啡。她榨了些柳橙汁，吃了烤麵包。她仍然注重自己的外表，因為她知道自己有多美。她不需要忽視她的美，只為了證明自己同樣有智慧也有能力。

在她分心攪動咖啡時，她回憶起許多年前的這一天，導師用偉大奧秘封印了她的命運。她試圖回想當時的自己，她那時的夢想，對人生的渴求。

「我一定是老了，」她大聲說，「坐在這裡，想著過去。」她一口喝下咖啡，開始準備。還有事情要做。她知道，她不是老了，在她的世界裡，時間完全不存在。

布莉達很訝異路邊停了這麼多車子，早上的濃密烏雲被晴朗的天空取代，夕陽的最後一縷光線正在消失。儘管空氣依舊冷冽，但春天的第一天已經到來。

她召喚森林之靈保護，看著洛倫。他也很尷尬地重複了同樣的話語，但他似乎很高興來到這裡。如果他們要在一起，他們就偶爾需要進入對方的現實世界。他們之間也同樣存在現實與無形世界的橋樑。魔法在他們的每一個行為都無所不在。

他們迅速穿越樹林，抵達一處空地，布莉達已經為自己眼底所見做足準備：各個年齡層以及來自各行各業的男女，成群結隊聚在一起，認真交談，設法使整件事看起來最自然也不過。事實上，他們與她和洛倫一樣困惑。

「這些人都是儀式的一部分嗎？」洛倫問，他沒有預料會見到這麼多人。

布莉達解釋有些人像他一樣是來賓。她不知道究竟誰會來參加，但一切都會在選定的時刻揭曉。

他們選了一處角落放東西，包括洛倫的隨身背包。裡面放了布莉達的洋裝以及三瓶酒。薇卡鼓勵大家都帶一瓶葡萄酒。離開家前，洛倫問另一位客人是誰。布莉達告訴他是那位她去山裡找的巫師，洛倫沒有多想。

「想像一下，」他聽到旁邊一位女士評論，「想像一下如果我朋友知道我來參加真正的女巫安息日，他們會說什麼。」

女巫安息日。在滿地鮮血、熊熊烈焰、理性時代與遺忘中倖存下來的慶祝活動。洛倫試圖安慰自己：畢竟，這裡應該還有很多跟他一樣的人。然而，當他看到一處空地堆滿柴火時，他不禁不寒而慄。

薇卡正在和別人說話，一看到布莉達，她就過來打招呼，問她是否一切沒事。布莉達感謝她的好意，也介紹了洛倫。

「我也邀請了別人，」布莉達說。

薇卡驚訝地看著她，然後給了一個大大的微笑。布莉達確信她知道自己指的是誰。

「我很高興，」薇卡說，「畢竟，這也是他的慶典。自從我上次見到那個老巫師已經很久了。也許他真的學到了一點皮毛。」

更多人來了，布莉達無法分辨誰是客人，誰是參與者。半小時後，近一百人聚集在空地聊天，薇卡請大家先停下來。

「這是一個儀式，但它也是一場慶典，任何慶典的酒杯都一定要斟滿才行。」

她打開一瓶酒，替身旁的人裝滿玻璃杯。很快地，大家互相替彼此倒酒，現場越來越嘈雜。布莉達不想喝酒。她記憶猶新的仍然是那片麥田，有個男人向她展示了月亮傳統的秘密聖殿。而且，她等待的客人還沒有抵達。

洛倫則越來越放鬆，開始跟附近的人聊了起來。

「這真的是一場派對！」他對布莉達微笑說。他本來以為到這裡會目睹獨特奇異的行為，但說到底這不過是一場派對，而且，比他那群科學家同事主辦的有趣得多了。

離他一段距離的地方有個留著白鬍子的男人，他認出那是學校的教授。他不知道該怎麼做，但過了一會兒，教授也認出他了，還舉起酒杯跟他打招呼。

洛倫鬆了一口氣，女巫不再被獵殺，他們的同情者也不再遭到追捕。

「這就像野餐嘛，」布莉達聽到某人說。沒錯，這就像野餐，這讓她相當惱火。她曾期望會有更儀式性的東西，更接近觸發過哥雅、聖桑與畢卡索的安息日。她拿起旁邊的酒瓶，開始喝酒。

派對。走過現實與無形世界的橋樑，竟然要透過派對？布莉達百思不解，不懂何以這麼世俗的氣氛可以造就任何神聖的東西。

天黑得很快，大家還在喝酒，正如黑暗威脅要淹沒周遭的一切，在場的某些人——並無事先進行任何儀式——便點燃了柴堆。過去就是如此。在火成為巫術儀式的有力元素前，它不過是光源罷了，女性圍著它談論自己的男人、她們的神奇經歷、她們與中世紀令人恐懼的性愛惡魔——夢魔的邂逅。過去向來如此：一場派對，盛大受歡迎的節慶，歡心禮讚春天與希望的到來，當時，快樂是對律法的挑釁，因為沒有人能在一個只誘惑弱者的世界好好享受。土地的領主被關在黑暗城堡，瞪著森林中的火光，感覺彷彿自己被人掠奪了——農民如今體驗過了幸福快樂，對人生的哀愁悲慘再也無法視為理所當然。他們會期待自己全年都歡欣喜悅，這必然將撼動整個政治與宗教體系。

∞

有四、五個已經微醺的人，開始在火焰前手舞足蹈，或許是在模仿女巫的安息日。在這群舞者中，布莉達看見一位「啟始者」，當天薇卡正在紀念姊妹們的殉難。她很震驚。她原本以為月亮傳統的追隨者會以更符合這聖地的方式表現。她想起自己與巫師共度的那一晚，酒精又是如何妨礙他們在星辰之旅時的互動交流。

「我的朋友會羨慕到眼紅，」她聽到有人說。「他們絕對不會相信我在這裡。」

這太過分了。她需要讓自己疏離一些，才能精準理解眼前發生的一切，克制自己想要掉頭回家的欲望，免得讓她相信了將近一年的事物就要瞬間幻滅。她尋找薇卡，看見她和一些客人在談笑。越來越多人跑到火焰前跳舞；有些人拍手唱歌，其他人則拿木棍或鑰匙，跟著節奏打拍子。

「我需要去散步。」她告訴洛倫。

他身旁已經聚集了一些人，對於他所描述的古老星辰與現代物理學的奇蹟非常崇拜。但他馬上停止說話，問道：

「需要我和妳一起去嗎？」

「不了，我寧願獨處。」

她離開人群，朝森林走去。聲音越來越響亮喧鬧，這一切——醉酒、評論、在火焰前扮演女巫和巫師的人——在她腦海裡混亂轉動。她期待今晚這麼久，結果不過是一場派對，跟那些慈善晚會沒兩樣，人們用餐、喝醉、講笑話，然後發表該如何幫助南半球印第安人或拯救北極海豹的演說。

∞

她開始穿越森林，視線沒有離開火焰，她沿著一條小路前進，讓她可以瞥見中間那塊大石頭。然而，從上往下看，畫面更讓人失望：薇卡忙著在不同人群間穿梭，詢問是否一切都好；人們圍著火跳舞；幾對夫婦已經在交換他們喝醉了的吻。洛倫與兩個人熱烈交談，這場景若是在酒吧就很恰當，但在這樣的慶典則格格不入。一位晚來的客人走進樹林，有個陌生人被喧鬧吸引，過來找點樂子。

她認出了這個人的走路方式。

是巫師。

布莉達嚇到了，開始沿著小路跑回去。她想在他出現在派對前見到他。她需要他像之前那樣幫她。她需要理解這裡究竟在做什麼。

薇卡當然知道如何安排安息日流程，」巫師走近時心想。他可以看到與感受現場所有人能量的自由流動。在儀式的這個階段，安息日就跟任何派對一樣；確保所有客人都在相同頻率是很重要的。他第一次參加安息日時非常震驚，他記得自己打電話給導師，問他究竟發生了什麼事。

「你沒參加過派對嗎？」導師問，對巫師打斷他正在進行的有趣對話非常不悅。

當然有，巫師說。

「派對要過癮有什麼特點？」

「大家都要玩得開心。」

「人類從穴居時期就開始辦派對，」導師說。「這是我們所知最早的集體儀式之一，太陽傳統則認真讓這種儀式活躍生動。一場好的派對能淨化所有參與者的心靈，但要做到這一點非常困難；只需要幾個人就能破壞大家的心情。那些人或許自認比其他人更重要；很難取悅；還覺得自己是在浪費時間，因為無法跟任何人產生聯繫，通常最終會成為某種神秘形式的因果報應受害者：這些人離開時，總是**帶著**那群已經跟其他人溝通良好的人給予的包袱。記得，通往神的第一條路是祈禱，其次才是快樂。」

∞

從他與導師的談話之後，已經過了許多年。後來，巫師參加許多場安息日，他知道這是非常微妙的安排；讓人類集體能量持續增長累積。

他在找布莉達。這裡有很多人，他不習慣摩肩擦踵的人群。他知道自己需要吸收集體能量，他也準備好這麼做，但首先他得先重新適應自己。她可以幫他。找到她之後，他會更自在。

他是個巫師。他知道光點。他只需要改變自己的意識狀態，光點就會出現在這些人之間。多年來，他一直在尋找的光，現在只離他幾公尺遠了。

巫師改變他的意識狀態。他再次看著聚集在那裡的人們，這一下子，他的知覺改變了，他看得見五顏六色的不同光暈，而且，彼此已經越來越趨近當晚的色彩了。

「薇卡真是一位優秀的導師，」他再一次這麼想。「她效率奇高。」很快地，所有的光暈與包圍每個肉體的能量振動就將合為一體。接下來，儀式的第二階段就要開始。

他左顧右盼，終於找到光點。他決定給她驚喜，沒有發出聲音就走近她身旁。

「布莉達，」他說。

他的**靈魂伴侶**轉過身來。

「她去散步了，」一個年輕人禮貌地說。

∞

這一刻時間彷彿凍結，巫師看著站在他面前的男人。

「你一定是巫師，布莉達提到很多關於你的事情，」洛倫說。「加入我們吧，她不會去太久。」

其實布莉達一直都在現場，面對著兩個男人，用力呼吸，睜大雙眼。

從火焰的另一端，巫師感覺到有人在看他。他知道那個眼神；不可能會看到光點，因為只有**靈魂伴侶**才能認出彼此，但那是一種深刻古老的眼神，一種清楚月亮傳統以及男女心情的眼神。

於是巫師轉身面對薇卡，是她在火焰的另一端對他微笑——剎那間，她什麼都頓悟了。

∞

布莉達的眼神也沒有離開巫師，它們閃耀喜悅。他真的來了。

「我想把你介紹給洛倫認識，」她說。派對突然有趣了起來，她不再需要任何解釋。

巫師的意識仍在改變狀態中。他看見布莉達的光暈正迅速變化，但朝著薇卡事先選擇的顏色趨近。她很欣慰，也很開心他來了，但他說的話或做的事都會輕易毀了她的啟始式。他必須不計任何代價控制自己的情緒。

「幸會，」他對洛倫說。「請替我倒酒可以嗎？」

洛倫微笑舉起酒瓶。

「歡迎加入，」他說。「我相信你會喜歡派對的。」

∞

薇卡望著遠方，鬆了一口氣。布莉達沒有注意。她是個好弟子，薇卡本來打算將她從當晚的啟始式上除名，因為她不跟著大家採取最簡單的第一步驟，也就是隨著眾人歡呼起舞。

「而且他可以照顧好自己。」巫師已經在這一行多年，深諳紀律。他應當可以克制自己的情感，至少要等足夠長的時間，讓其他東西取代那些內心感受。她尊重他的辛勤與堅持，也對他散發的巨大力量有點害怕。

她和其他幾位客人聊天，但對自己剛才看到的畫面有點無法接受。原來這就是為何他如此關心布莉達的緣故，畢竟她不過是跟其他女巫一樣，在許多前世學習月亮傳統。

布莉達是他的**靈魂伴侶**。

「我的女性直覺顯然沒怎麼用。」她什麼都想像過了，除了最明確的理由。她安慰自己，告訴自己至少所有的好奇揣測都很正面：這是神選的道路，讓她以全新的角度看待她的弟子。

巫師在人群中看見一位舊識，走過去跟他說話。布莉達極度喜悅，很享受在他身旁，但她覺得自己最好讓他離開。女性的直覺告訴她，他和洛倫最好不要花太多時間相處；他們可能會成為朋友，當兩個男人愛上同一個女人時，他們最好是彼此憎恨而不要成為朋友。因為，如果發生這種情況，她最終會失去他們兩個人。

她看著火焰前的人們，突然間，她也想跳舞了。她請洛倫加入她；他猶豫了一秒，最後鼓起勇氣答應了。人們仍然旋轉起舞，一面拍手喝酒，用棍棒與鑰匙敲打空酒瓶打著節拍。每次她舞過巫師身旁，他都微笑向她舉起杯子。這是她一生中最美好的夜晚。

薇卡加入了這群輕鬆快樂的舞者。賓客原本對今晚有些焦慮，擔心自己要看見的畫面，但如今他們已經完全融入黑夜之靈。春天已然到來，他們需要慶祝，對未來日子的燦爛陽光必須信心滿滿，同時盡快忘記憂鬱黑夜與在家度過的孤獨夜晚。

鼓掌聲越來越大，薇卡帶著大家打拍子，那是很規律的節奏。人人的眼睛都盯著火光。沒有人覺得寒冷，彷彿夏天就要來臨，人們開始脫下毛衣。

「我們唱歌吧！」她唱了幾次簡單的兩首歌，很快地，大家都跟著她一起唱。

一些人聽出這是女巫咒語，重要的是文字的聲音，而非意義。這是與**恩賜**息息相關的；至於那些看得見神妙幻象的人們——就像巫師與現場其他導師——可以隱約看見光絲加入了大家。

最終洛倫對舞蹈感到厭倦，並加入了「樂手」。其他人也離開火焰，有些是因為累了，另一些則是因為薇卡要求他們幫忙保持節奏。只有啟始者注意到現場狀況，也就是派對即將進入神聖領域。不久之後，唯一在跳舞的只剩下月亮傳統的女性以及當晚即將接受啟始式的女巫。

就連薇卡的男學徒也停止跳舞；男人的啟始儀式不一樣，日期也不同。在火焰上方不斷轉動的天體平面是由女性能量所策動，那是轉化的力量。自從亙古以來就是如此。

布莉達開始覺得熱。不可能是酒，因為她喝得很少。可能是火焰的緣故。她很想脫上衣，但又覺得不好意思，當她鼓掌，唱著那首簡單的歌曲，繞著火焰跳舞時，這種尷尬逐漸失去意義。她的眼神固定在火光中，世界似乎越來越不重要；這種感覺與塔羅牌第一次向她展露內容的經驗非常相似。

「我開始進入恍惚狀態了，」她想。「但那又怎樣？派對太好玩了！」

∞

「真是奇特的音樂，」洛倫心想，一面隨著時間打拍子。他的耳朵已經訓練有素，可以傾聽自己的身體，它們注意到拍手的節奏與言語的振動正好在他的胸口中間脈動，就像他在古典音樂會聽到低音鼓那樣。更奇怪的是，這節奏似乎也支配著他的心跳。

隨著薇卡步伐加快，他的心跳也跟著加快了。同樣的事一定發生在每個人身上。

「有更多的血液流到我的大腦，」他頭腦中的科學部分告訴他。但他屬於女巫儀式的一部分，現在沒時間想那些；晚點他再找布莉達討論。

「我在參加派對，我想玩得開心，」他大聲說。他身邊有人大喊：「沒錯！就是這樣！」薇卡的拍手速度加快了。

「我自由了，我為自己的肉體感到驕傲，因為它是這可見世界中，神的唯一體現。」火焰熱度令人難以忍受。世界彷彿越來越遠，她不再關心膚淺的事物。她還活著，鮮血在她血管竄流，她全然被賦予身心的追尋。繞著火焰跳舞對她來說並不新鮮，因為那節奏喚醒了她身為歲月智慧導師的回憶。她不孤單，因為派對讓她與自己及她許多前世走過的傳統重新相遇。她深深尊敬自己。

她再次回到自己的肉體，這是一個美麗的肉體，一個已經奮鬥了數百萬年，努力在充滿敵意的世界生存的肉體。它曾經生活在海裡，最終爬上地球，攀上大樹，用四肢走路，現在得以驕傲地用兩腳站立。這段漫長的奮鬥值得尊重。世間肉體沒有美醜之分，因為它們全都遵循相同的軌跡；都是靈魂棲息的可見之處。

她為自己的身體感到驕傲，深感自豪。她脫下上衣。

她沒有穿胸罩，這沒關係，是的，她以自己的身體為榮，沒有人可以批評她：就算她已經七十歲，她仍會為自己的肉體感到驕傲，因為靈魂可以通過她的身體，善盡自己的職責。

其他女人也照做了，這也無所謂。

她解開褲子皮帶，終於赤身裸體地站在那裡。這是她這輩子最自由解放的時刻。她的所作所為背後沒有任何理由；她這樣做，因為裸體是展現她的靈魂有多麼自由的唯一方式。旁觀者衣著整齊，她也不在乎，她只希望他們能對自己的肉體有同樣的感受。她能自在跳舞，沒有任何事可以妨礙她的動作。她的身體的每一個原子都觸碰到空氣，空氣是慷慨的；它從遠方帶來秘密與香水，從頭到腳將她覆蓋。

敲打酒瓶的賓客發現女性已經赤身裸體。眾人或拍手或唱歌，時而輕柔，時而瘋狂。人們敲打酒瓶、拍手或音樂，渾然不知節奏從何而來。他們似乎已經意識到眼前發生的一切，但如果在那一刻，他們之中有一個人有勇氣破壞節奏，也不可能辨得到。在儀式的這個階段，導師最大的挑戰，就是確保不要有人發現自己其實已經陷入恍惚。他們需要感受自己操控一切，即使並非如此。薇卡沒有牴觸傳統的律法——萬一如此，她將遭受嚴懲——那就是操縱他人的自由意志——因為人人都知道自己出席的是女巫的安息日，對女巫而言，生命就是與宇宙完美交融。

∞

往後，當這個夜晚只成回憶時，這些人誰也不會說自己看到了什麼。雖然沒有禁止他們這麼做，但他們全都覺得自己身處一個強大的氣場，被一種神秘且神聖的力量推動，它激烈無情，沒有任何人類膽敢違抗。

「轉動！」一位身穿及踝黑裙的女人說道。她是唯一仍然衣著整齊的女人。其他人早已赤裸，仍然跳舞、鼓掌與旋轉。有個男人在她旁邊放了幾件裙子。其中三件是全新的，兩件在風格上非常類似。這些人都擁有同樣的**恩賜**，能提供每個女人夢寐以求的裙子。

薇卡現在沒有必要鼓掌了，因為其他人仍然繼續，彷彿仍然堅持節拍。她跪下來，用大拇指按著頭，開始召喚力量。

∞

在那裡，有著月亮傳統的力量以及歲月的智慧。這是一個高度危險的權力，女巫只有在成為導師後，才能調用這權力。薇卡知道如何使用它，但即使如此，她也必須先請求她的導師庇護。

在那種力量中，存在著歲月的智慧。裡面有睿智精明的蛇，唯有童女將蛇踩在腳下才足以征服牠。因此，薇卡也向聖母瑪利亞祈禱，要求她純潔的靈魂以及穩重的手，加上她的斗篷，讓她得以將權力傳承給她面前的女人，無須受到蛇的誘惑。

她的臉朝向天空，她的聲音穩定自信，背誦了聖保羅的話語：

「若有人毀壞神的殿，神必要毀壞那人；因為神的殿是聖的，這殿就是你們。

「人不可自欺，你們中間若有人，在這世界自以唯有智慧，倒不如變作愚拙，好成為有智慧的。

「因這世界的智慧在神看是愚拙。如經上記著說，『主叫有智慧的中了自己的詭計。』

「又說，『主知道智慧人的意念是虛妄的。』

「所以無論誰都不可以拿人誇口。因為萬有全是你們的。」

運用幾次靈巧動作，薇卡放慢拍手的節奏。敲打酒瓶的人也慢了下來，女人們的轉速也越來越慢。薇卡操控著全場，整個樂團也必須配合演奏，從最吵鬧的喇叭到最安靜的小提琴。為了實現這個目標，她需要權力的支援，但無須向它投降。

她拍拍手，發出必要的聲響。眾人逐漸停住。女巫們走到薇卡面前，拿起禮服——只有三個女人仍然沒有穿衣。此時，人群創造的旋律已經連續演奏一小時二十八分鐘，雖然在場的人們全都陷入意識改變的狀態，但除了那三名裸體女人外，大家都沒有忘記自己在哪裡或正在做什麼。

然而這三名裸體女子仍在恍惚狀態，薇卡執起儀式短劍，將所有能量對準她們。

她們的**恩賜**將越來越明確。這是她們為世界服務的方式；經過漫長曲折的小路，她們終於抵達目的地了。世界以各種可能的方式測試她們，她們成功達成目標，實至名歸。在日常生活中，她們仍將擁有原本的弱點與怨恨，日行小善或小惡，痛楚與狂喜也將繼續，正如每一個處於這個千變萬化的世界的人類。然而，在指定的時間，她們會瞭解到，每個人攜帶的東西比他們的自我，也就是他們的**恩賜**

更重要。因為神已經將**恩賜**放在每一個人的手上，祂向世界展示自己的工具就是要用**恩賜**協助全世界的人類，神選擇人作為祂在地球上的幫手。

有些人從太陽傳統認識自己的**恩賜**，其他人則透過月亮傳統了解自己的**恩賜**，但最終，大家都會明白自己的**恩賜**是什麼，即使需要經過好幾個前世。

∞

薇卡站在塞爾特教派牧師放在那裡的大石頭，女巫們身穿黑色長袍，在她身旁圍成半圓。

她看著三個裸體女人。她們的眼睛閃閃發光。

「到這兒來。」

女人們走進半圓形的中間。薇卡要求她們面朝下趴在地上，雙臂外伸，看起來就是一個十字架。

巫師望著布莉達趴在地上。他設法專心注意她的光暈，但他是男人，男人總是會看女人的肉體。

他不想去記得。他不想思考自己是否在受苦。他知道的只有一件事——他與他

靈魂伴侶之間的使命已經結束。

「只跟她相處這麼短，真的很可惜。」但他不能這樣想。在時間的某一點上，他們共享了同一個肉體，感受相同的痛苦，同時享受了歡愉。也許他們曾經一起走過類似這樣的森林，凝視夜空，望著同樣明亮的繁星。他想到他的導師就笑了，他讓他在森林待了這麼久，只為了理解自己與**靈魂伴侶**的邂逅。

太陽傳統就是這樣；人人都有義務學習他需要學習的事物，而非僅僅是他想學習的東西。在他身為人類的心中，他會啜泣許久，但身為巫師的他，卻同時感到歡欣鼓舞，對森林心存感激。

∞

薇卡看著腳下的三個女人，默默感謝主能讓她在這麼多次的生命輪迴中繼續做同樣的工作；月亮傳統取之不盡。這片空地在早已被人遺忘的年代時，曾是塞爾特族人牧師的聖地，如今儀式幾乎已經不可考，留下的或許也只有她腳下的大石頭，它的體積驚人，不太可能是人類運過來的，但古人知道如何用魔法移動這些石頭。他們在南美洲山區建造了金字塔、天文臺及整座城市，運用唯有月亮傳統知道的力量。這種知識不再為人類所需，早因歲月抹滅，以免造成大規模的破壞。然而，出於純粹的好奇心，薇卡仍想知道他們當年是如何做到的。

有一些塞爾特人的靈魂也在，她向他們打招呼。他們是不再轉世的導師，如今成了地球秘密政府的一部分；沒有他們，沒有他們知識的力量，世界早就迷失方向。在空地左側的樹上，這些塞爾特導師的靈魂在空中盤旋，星體被強烈的白光包圍。幾個世紀以來，他們在每一次春秋分來到這裡，確保傳統得以維護。薇卡帶著某種自豪說，即使所有的塞爾特文化都在正式的世界史中消失殆盡，人們仍然禮讚春秋分，因為沒有人能摧毀月亮傳統，只有神的手。

∞

她又觀察牧師一會兒。他們今天會如何對人產生什麼影響？他們是否因為到了這裡更加懷念從前，是否當時與神的接觸似乎更單純直接？薇卡不認為如此，她的直覺也被證實了。神的花園是用人類情感打造的，要做到這一點，人們必須在不同年代生活很長時間，沿用各種不一樣的習俗。和宇宙的其他部分一樣，人類必須遵循他的演化進程，每一天都要比前一天更好，儘管他會遺忘前一天的教訓，即使他會連聲抱怨，宣稱生命並不公平。

因為天國就像人在田野栽種的植物；他每日睡覺醒來，種子就這麼默默發芽成長。這些教訓就刻在世界靈魂上，為了全人類的利益而存在。重要的是，還是有人不怕靈魂的**黑夜**，出席了儀式，正如睿智的聖十字若望所描述的。每一步、每一個信仰的表現，就是在重新救贖全人類。只要有人知道，在神的眼中，人類所有的智慧都是瘋狂的，世界就會繼續沿著光明的道路前進。

她為她的弟子感到驕傲，事實證明，他們有能力屏棄美好單純的閒逸世界，只為了要發現一個全新的世界。

∞

她再次望著趴在地上的三位裸女，她們張開雙臂，散發的光暈彷彿衣服般覆蓋她們。她們穿越了時間，與許多失落的**靈魂伴侶**相遇。從那天晚上起，這三個女人將投身於自她們出生以來一直在等待的任務。其中一位已經六十多歲了，但年齡不重要。重要的是，她們終於可以與耐心等待她們的命運相遇，從現在起，她們將用自己的**恩賜**保證神的花園中，某些重要植物的存續。每個到這裡的人都有不一樣的理由——一段失敗的戀情、對例行公事的厭倦，或甚至是對權力的追尋。她們面對了恐懼、惰性與許多魔法之路上的失望挫敗，但事實是，她們到了她們需要抵達的地方，因為神的手向來引導那些虔誠信仰跟隨祂的人。

∞

「月亮傳統很迷人，有它的導師與儀式，但還有另一個傳統，」巫師想，眼睛仍盯著布莉達，稍微有點羨慕薇卡，因為她可以留在她身邊很長一段時間。另一個傳統很難遵循，因為它非常簡單，簡單的事物總是那麼複雜。它的導師住在世界上，並不總是意識到他們教誨的重要性，因為教學背後的衝動彷彿只是個荒謬衝動。他們是木匠、詩人、數學家，來自各行各業，散居世界各地。這些人只是突然覺得需要和某人交談，解釋一種他們無法完全理解的感覺，無法埋藏在心中。太陽傳統就是如此存續。創造的衝動。

只要有人的地方，就一定看得見太陽傳統的痕跡。有時，它會是一座雕塑，有時是一張桌子，其他時候可能是由某個部落或族群世代相傳的幾句詩。遵循太陽傳統的人們與其他人無異，早晚看著同一個世界，感覺有更偉大浩瀚東西的存在。他們在不知不覺中投入未知大海，而且，在大多數情況下，他們不會再做第二次。每個人在每一世，都至少有一次獲知宇宙奧祕的機會。

他們發現自己暫時陷入**黑夜**，但由於缺乏足夠自信，他們很少再回到**黑夜**。然後，他們發覺自己以愛、和平與奉獻獻予世界的聖心，再次被荊棘包圍。

∞

薇卡很慶幸自己是月亮傳統的導師。來到她身邊的每個人都渴望學習，但在太陽傳統中，多數人早已永遠背離人生教導他們的一切。

「當然這不重要，」薇卡心想，因為奇蹟時代正在回歸，沒有人能對世界的變化無動於衷。幾年後，太陽傳統的力量將展現在它所有的光芒之中。任何還沒有走上自己道路的人都會開始對自己不滿，被迫做出選擇：他們要不是接受一個被失望和痛苦折磨的存在，要不就是開始意識到人人生來都是快樂的。一旦做出選擇，他們沒有第二條路，只能努力改變，就這樣，偉大的搏鬥，一場聖戰，就會開始。

薇卡在空中用劍畫了一個完美的圓，在這個無形的圓圈裡，她畫了一顆女巫稱之為五芒星的星星。五芒星是人類各種元素的象徵，躺在地上的女人可以從它接觸到光的世界。

「閉上眼睛，」薇卡說。女人們服從了。

薇卡在她們每人的頭頂上用劍比劃，進行儀式。

「現在打開妳們靈魂的眼睛。」

布莉達睜開自己靈魂的眼睛。她在沙漠裡，這個地方看起來很熟悉。她記得自己來過這裡。跟巫師。

她環顧四周，但看不見他。然而她並不害怕；她感覺平靜幸福。她知道自己是誰，住在哪裡；她知道，在某個時代的某個地方，正在舉行一場派對。但這些都無關緊要，因為她面前的風景太漂亮了：沙地、遠方山脈、以及一塊巨大的石頭。

「歡迎，」一個**聲音**說。

她旁邊站著一位穿著打扮像她爺爺的男人。

「我是薇卡的導師。等到妳成為導師後，妳的弟子也會在這裡見到薇卡，如此世代傳承，直到世界的靈魂最終彰顯出來。」

「我在進行女巫儀式，」布莉達說。「安息日。」

導師笑了。

「妳找到了自己的道路。很少人有勇氣這麼做。他們寧可選擇一條不屬於自己的道路。人人都有**恩賜**，但他們選擇視而不見。妳接受了妳的，妳與**恩賜**的相遇就是妳與世界的相遇。」

「但為什麼呢？」
「這樣妳就可以在神的花園栽種。」
「我還有一輩子的時間，」布莉達說，「我希望跟一般人過同樣的生活。我可以犯錯，可以自私，可以有缺陷。」
導師笑了。他的右手突然出現一件藍色斗篷。
「妳只有在自己是凡人時，才可能跟他們一樣。」

∞

她周圍的場景變了。她不在沙漠，她泡在一種液體裡，非常奇特的液體，還有奇怪的生物在身邊游泳。
「人生就是不斷犯錯，」導師說。「數百萬年來，細胞一直以同樣的方式自我繁殖複製，直到其中之一突變犯錯，就此改變永無止盡的重複循環。」
布莉達驚奇地看著海洋。她沒有問這些生物如何可以自在呼吸；她只能聽見導師的聲音，只能想到這一趟旅程與她的麥田之旅很類似。
「一開始讓世界運作就是錯誤，」導師說。「永遠不要害怕犯錯。」

「但亞當與夏娃就被逐出樂園了。」

「他們總有一天會回來，畢竟這是世界與天堂的奇蹟。神讓他們注意到善惡之樹時，知道自己在做什麼，如果祂不希望他們吃樹上的果實，祂就不會提到它。」

「那祂為什麼要這麼做？」

「為了讓宇宙運轉。」

∞

場景又回到了沙漠與大石頭。時間是早上，地平線上散發著粉紅色的晨曦光芒。導師拿著斗篷朝她走來。

「此時此刻，我將此獻給妳。妳的**恩賜**就是神的工具。但願妳能證明它很有用。」

∞

薇卡拿起那件三個女人中年紀最小的那一位的衣裳，用雙手捧起它。她象徵性地對塞爾特族人牧師們做了獻祭的動作，成為星體的他們正從樹梢觀望。然後，她轉向年輕女子。

「站起來，」她說。

布莉達起身，火影在她赤裸的身體閃爍。過去，曾經有另一個肉體被同樣的火焰吞噬，但一切都過去了。

「舉起妳的手臂。」薇卡替她穿上洋裝。

∞

「我沒穿衣服，」她對導師說，他將斗篷裹住她。「但我不害羞。」

「如果不是因為羞愧，神就不會發現亞當和夏娃吃了蘋果。」

導師正在觀賞日出。他似乎分心了，但他沒有。布莉達知道。

「永遠不要感到羞愧，」他說。「接受生命賦予妳的一切，努力將每杯酒喝光。所有葡萄酒都應品嚐；有些只該淺酌，但其他的可以暢飲。」

「我怎麼知道哪些該盡情享受呢？」

「視其味道而定。先嚐過難喝的，才會知道好酒有多陳多香。」

薇卡要布莉達轉身對著火焰，然後到下一位接受啟始式的人面前。火焰接受了她恩賜的能量，讓它能夠在她身上體現。在那一刻，布莉達看著日出，從此之後，光將要照亮她的餘生。

∞

「妳該離開了，」太陽一升起，導師說。

「我不懼怕我的恩賜，」布莉達告訴他。「我知道自己要去哪裡，該做什麼。我知道有人幫著我一路走到這裡。」

「我以前來過這裡。有人跳舞，打造一座祕密聖殿禮讚月亮傳統。」

導師什麼也沒說。他轉向她，用右手打了一個手勢。

「妳被接受了。祝福妳的道路在和平時期永遠和諧，在戰爭年代繼續交戰。永遠不要混為一談。」

導師的身影伴隨沙漠與大岩石逐漸消散。唯有太陽仍然與天空依舊存在，天空暗了下來，那太陽則成了灼熱烈焰。

她回來了。她什麼都想起來了：噪音、鼓掌、跳舞、恍惚。她記得在這些人面前脫下衣服，現在她覺得非常不自在，但她也記得她與導師的會面。她設法掌握自己的羞愧、恐懼及焦慮——它們會一直無所不在，她必須習慣。

薇卡要求三位參與者站在由女人形成的半圓中間。女巫們手牽手，圍成一圈。她們在唱歌，但現在沒有人敢跟著吟唱了；那聲音從她們幾乎沒有張開的嘴唇流洩而出，形成一種奇怪的振動，它越來越刺耳，直到聽起來像是某種發狂鳥兒的哭聲。未來，在某個時刻，她也會懂得發出這些聲音。她會學到很多，直到自己也成為導師。最終，男男女女將藉由她的啟始，進入月亮傳統。

然而，這一切將發生在某個特定時刻。她現在有的是時間，畢竟她再度找到自己的天命，也找到人從旁協助。永恆就握在她手裡。

每個人的周圍似乎都有奇特色彩環繞，布莉達有點困惑。她像以前一樣喜歡這個世界。

女巫停止吟唱。

「月亮啟始已經結束、完成了，」薇卡說。「世界現在是一片田野，妳們要努力確保有大豐收。」

「我覺得好奇怪，」其中一位說。「一切都模糊不清。」

「妳看見的是環繞每個人的能量場，大家的光暈，這是前往偉大奧秘之路邁出的第一步。這種感受很快就會消逝，往後我會教妳如何再次喚醒它。」

薇卡迅速將儀式短刀扔到地上。它緊緊卡在地面，刀柄仍因為衝擊晃動。

「儀式結束了，」她說。

布莉達去找洛倫。他的眼睛閃閃發光，她能感受到他的驕傲以及對她的愛。他們可以一起成長，創造新的生活方式，發掘宇宙，它正等待像他們這種有勇氣的人。

但還有另一個男人。當她與薇卡導師交談時，她做出了選擇，因為另一個男人可以在困難的時刻牽著她的手，帶領她度過**信仰的黑夜**。她將學會愛他，她對他的愛將會等同於她對他的尊重一樣偉大。他們一起走上通往知識的道路，因為他，她到了今天的位置。總有一天，她會學習他的腳步，認識太陽傳統。

現在她知道自己是女巫。幾世紀以來，她一直在學習巫術，回到了自己的歸屬。從那晚開始，智慧與知識將成為她生命中最重要的東西。

「我們可以離開了，」她對洛倫說。他欽佩地望著這位黑衣女子；但布莉達知道巫師眼中的她都是穿藍色衣服的。

她拿出裝了其他衣服的袋子。

「你去看看能否找人讓我們搭便車。我需要跟某人說話。」

洛倫拿了包包，穿過森林走上小徑不遠處。儀式結束了，他們回到人類世界，這裡有愛，有嫉妒，還有無止盡的征服與戰爭。

恐懼也回來了。布莉達的行為很怪。

「我不知道神是否存在，」他對周圍森林說。「但我現在不能多想，因為我也得與這個謎團面對面。」

他覺得自己說話的方式不一樣了，如今帶著一種他從來不知道自己擁有的陌生自信。但與此同時，他又相信樹木正在傾聽。

「這裡的人們可能不理解我；他們可能會鄙視我的努力，但我知道我和他們一樣勇敢，因為縱使我不相信神，我仍然追尋祂。如果祂真正存在，那麼祂就是勇者之神。」

洛倫注意到自己的手微微顫抖。今晚結束了，但他完全不理解發生的一切。他知道自己曾經進入恍惚狀態，如此而已。但是他的雙手之所以顫抖，與布莉達口中的**黑夜**沒有關係。

他仰望天空，雲層很低，神就是勇者之神。祂會懂他的，因為勇者就是那些不顧恐懼仍做出決定的人，他們每一步都被魔鬼折磨，持續對自己的行為感到焦慮，懷疑自己的對錯，然而，他們仍然起而行，因為他們相信奇蹟，正如那群在黑夜圍著火堆跳舞的女巫。

神或許要那位正走向另一個男人的女人回到他身邊，如果她離開了，或許神也會永遠離他而去，她是他的機會，因為她知道讓自己沉浸在神之中的最佳方式是透過愛。他不想失去將她奪回來的機會。

他深吸了一口氣，感受到肺部充斥著森林的嚴寒冷冽，他對自己發誓。

神是勇者之神。

∞

布莉達走到巫師面前，他們在火前相遇。要開口很困難。

她打破沉默。

「我們走的是同一條路。」

他點了點頭。

「讓我們一起走吧。」

「但妳不愛我，」巫師說。

「我愛你。我還不認識自己對你的愛，但我確實愛你。你是我的**靈魂伴侶**。」

巫師眼神仍然疏遠，他正在思考太陽傳統，以及太陽傳統最重要的教義：愛。

愛是現實與無形世界之間唯一的橋樑。它是每一天宇宙教導人類最重要的教義，也是最值得翻譯的語言。

「我哪兒也不去，」她說。「我要留在你身邊。」

「妳的男朋友在等妳，」巫師回答。「我會祝福妳的愛。」他接著說。

布莉達滿臉疑惑地看著他。

「沒有人能擁有像我們那天傍晚看見的日落。」他繼續，「正如沒有人能擁有午後打在窗戶的細雨，或熟睡孩童的靜謐，或是浪花打上岩石的奇妙時刻。沒有人能擁有地球上美的事物，但我們可以了解它們並愛它們。唯有在這種時刻，神向人類揭示了祂自己。

「我們並不主宰太陽、午後、海浪或甚至神的視野，因為我們無法掌控自己。」

巫師對布莉達伸出手，送給她一朵花。

「當我們第一次見面時——儘管那一刻感覺我已經認識妳許久，因為我不記得那之前的世界——但我仍然讓妳認識了**黑夜**。我想看看妳會如何面對自己的極限。我知道妳是我的**靈魂伴侶**，妳將會教我所有我需要學習的東西——所以神才讓男與女有所區別。」

布莉達碰觸花。對她而言，它彷彿是她幾個月來見到的第一朵花。春天來了。

「人們把花當作禮物，因為花朵蘊含著愛的真義。任何設法擁有一朵花的人，都得眼睜睜看著它的美麗消逝。但是，如果妳只是單純欣賞花田，那些花將永遠留存妳心底，因為花屬於夜晚、日落、潮溼泥土的氣息與地平線上的白雲。」

布莉達看著這朵花。巫師從她手中接過它，將它還回森林。

布莉達眼睛充滿了淚水。她以自己的**靈魂伴侶**為榮。

「這就是森林教導我的。妳永遠不屬於我，所以我永遠不會失去妳。在孤獨的歲月中，在我懷疑人生，焦慮不安，不確定自己的信念時，妳就是我的希望。

「我知道自己的**靈魂伴侶**總有一天會來，於是，我全心投入學習太陽傳統。知道妳的存在是我賴以為生的理由之一。」

布莉達再也忍不住淚水。

「然後妳來了，我都懂了。妳解放了我，讓我掙脫自己一手創造的奴役狀態，妳讓我知道，我可以自由回到凡世，擁有它的一切。我理解自己需要認識的一切，我愛妳遠超過我認識的其他女人，甚至遠遠勝過那位將我放逐到森林的女人，我將永遠記住，愛就是自由。這是我花了好幾年才學會的課題，這是讓我放逐又讓我自由的課題。」

∞

火焰劈啪作響，幾位晚到者也開始跟大家道別，但是布莉達沒有在聽。

「布莉達！」有人在遠處呼喊。

「讓我再看看妳，寶貝，」巫師說。這是一部老電影的台詞。他很高興，因為他翻開了太陽傳統重要的一頁。他感覺到導師的存在，那一晚也是他替他選擇了啟始式。

「我會永遠記得妳，正如妳記得我一樣，我們也會永遠記得那一夜，窗戶上的雨滴，還有一切我們無法擁有卻仍永遠保存的事物。」

「布莉達！」洛倫又叫了一次。

「好好地走吧，」巫師說。「將眼淚擦乾，告訴他妳是被煙燻得才想哭。不要忘了我。」

他知道自己不需要這麼說，但他還是說了。

薇卡注意到有人留下了他們的一些物品。她得打電話通知他們來拿。

「火很快就要熄了，」她說。

他保持沉默，還有一些餘燼，他眼神仍盯著它們。

「我不後悔自己曾經愛上你，」薇卡說。

「我也沒後悔，」巫師回答。

她覺得自己有一股強烈的欲望想要討論布莉達，但她什麼也沒說。她身邊的男人用眼神激發了她的尊重與智慧。

「很遺憾我不是你的**靈魂伴侶**，」她說。「我們可以成為一對好伴侶。」

但巫師沒有在聽薇卡說話。他眼前有片開闊的天地，他還有許多事情要做。他得幫忙在神的花園栽種，他得教人們自學。他會遇見其他女人，墜入愛河，並盡可能努力享受這一世的人生。那一晚，他之所以存在的某個階段已經圓滿，眼前還有新的**黑夜**，但下一個階段將有更多的喜樂愉快，離他的夢想更近。他很清楚，因為那些鮮花、森林，以及未來某一天神之手將引導而來的年輕女子，儘管渾然不知，但卻為了成就她們的命運前來。他很明白，因為這就是月亮傳統與太陽傳統的真義。

關於保羅與布莉達

保羅・科爾賀於一九四七年八月出生在里約，父親名叫佩德羅奎馬・科爾賀，是一位工程師，母親蕾吉亞則是家庭主婦。從小，保羅就夢想自己能在藝術產業闖出一片天，但他的中產階級家人則不以為然。保羅接受嚴格的耶穌會教育，但也藉此發現了自己真正的志向：他想當作家。然而，保羅的父母對他有不同的計劃。當他們無法壓制兒子對文學的執著與熱情後，他們認定保羅得了精神疾病。保羅十七歲時，他的父親曾兩度將他送進精神病院，在那裡保羅接受了電擊「治療」。在他加入一個劇團，開始當記者之後，父母又將他送進了精神病院。

保羅從來就不服膺傳統教條，隨時在探索和追求新事物。一九六八年，游擊隊與嬉皮運動在充滿鎮壓威嚇的軍事政權下，於巴西國內方興未艾，保羅也投身政治，加入了愛與和平的一代。他追隨卡洛斯・卡斯塔內達的足跡，踏遍拉丁美洲尋求性靈啟發。他在劇院工作，涉足新聞業，創辦了一本名為《二〇〇一》的另類雜誌。他開始與音樂製作人勞爾塞克斯合作，創作寫歌，改變了巴西搖滾樂風的樣貌。一九七三年，保羅與勞爾加入了另類公社，這是一個捍衛個人言論自由的組織，開始出版一系列漫畫，呼籲人民追求更多的自由。公社成員遭受政府拘留監禁。兩天後，保羅也被幾位軍方人士綁架拷打。

這次遭遇對他造成很大的衝擊。二十六歲時，保羅認為自己過「邊緣人」的日子已經差不多了，決心回歸「正常」。他在音樂界擔任高階主管，也嘗試寫作，但直到他與一位陌生人相遇後，他才認真開始。此人第一次出現在他生命時，其實是個幻象，結果兩個月後，保羅在阿姆斯特丹的一家咖啡館真正遇見了他。陌生人建議保羅應該回到天主教，研究魔法良性的一面。他更鼓勵保羅走一趟中古世紀的朝聖之路，前往聖地牙哥。

一九八七年，在完成朝聖一年後，保羅出版了《朝聖》。這本書描述了他的經歷以及他如何發現不尋常的人事物也會出現在凡人的生命中。一年後，保羅寫了一本完全不同的書《牧羊少年奇幻之旅》，本書首刷才賣九百本，出版社便決定不再加印。

保羅不願放棄夢想。他找到了另一家更大的出版社。他寫了《布莉達》（尚未用英語發表的作品）；此書引起了媒體熱烈關注，最終，《牧羊少年奇幻之旅》與《朝聖》都成了暢銷書。

保羅其他作品也持續熱賣，包括《瓦爾基里》、《我坐在琵卓河畔，哭泣》、

《第五座山》、《生命戰士的智慧祕笈》、《薇若妮卡想不開》、《愛的十一分鐘》、《查希爾》、《魔鬼與普里姆小姐》以及《流淌的河流》。

今天保羅．科爾賀的作品持續出現在全球暢銷書排行榜上。二〇〇二年，世界葡文最高文壇大獎——葡萄牙人——便授予《牧羊少年奇幻之旅》「史上最暢銷作品」的榮譽。二〇〇三年，保羅的小說《愛的十一分鐘》也獲得世界最佳暢銷小說的頭銜（《美國今日報》出版趨勢）。

除了小說，保羅還有全球發行的報紙專欄，也偶爾對時事發表意見，他的電子報《線上手冊》更擁有超過七萬名訂閱者。

保羅與妻子克莉絲蒂娜．奧蒂奇卡是保羅．科爾賀研究所的創辦人，此單位專門提供巴西社會中下階層的貧困民眾各種實質的支持與就業機會。

推薦序

個體化的兩難與愛的解答：給內在旅人的成長之書

鐘穎｜愛智者書窩版主・心理學作家

當代人對個體化的呼求越來越高，而這本書則為我們指明了路徑。那曾在黑暗中不知所措，為了愛的意義而徬徨的讀者，都會在這本書裡得到啟蒙，正如我們都曾在作者的另一本作品《牧羊少年奇幻之旅》中得到鼓舞那樣。

對存在心理學家來說，人生是無意義的，正因為沒有預先給定的生命意義，這才應允了人的自由去創造屬於自己的意義。但對絕大多數的靈性傳統而言，存在心理學是太過悲觀了。神秘家與靈修者無不認為，每個生命本身都帶著目的，我們要做的不是創造，而是找尋。本書主角布莉達就是那個勇敢踏上追尋之路的女性，而我相信所有翻開本書的你，都能藉由書中文字獲得神靈的同等眷顧。

心理學家榮格認為，神靈並不是外在於我們的事物，相反地，祂是一種主觀的經驗，是位於人類集體潛意識中那個比小還要小，比大還要大的東西，他的語言是「自性」（Self），不同的宗教則稱呼他為上帝、阿特曼、道，或者那代表一與一切的語言。

因此，教理教義只是輔助，重要的是我們能否如書中所言：去相信自己，相信黑暗。巫師對布莉達說：「妳必須找到自己的方式。」而我常說：「你必須轉身向內。」既然這條路已經被稱為「個體化」，那麼就說明我們不可能是同一種人，不可能走向完全相同的路。

香嚴智閑禪師非常聰慧，總是能舉一反十，雖如此，在師傅百丈懷海座下卻始終不能悟道。師傅去世後，他又跟隨師兄溈山靈祐修行，但也遲遲無法證悟。溈山禪師告訴他：「你的智慧對佛法來說只是小智慧，對悟道是沒有幫助的。若不信，你告訴我，在父母出生前，你的本來面目是什麼？」香嚴遍查佛經，找不到答案。

他不得已就教於溈山，溈山禪師卻說：「我明白的不同於你明白的，我講了你也不懂的。」香嚴於是燒掉經書，離開師兄與佛寺，一個人在外苦行，每天過著除草耕地的日子。直到有一天，他在田中清理撿拾瓦礫與石塊，當丟棄的石塊擊到了竹子，產生聲響的那一刻，香嚴突然明白了！他立即向師兄所在處膜拜，流著眼淚說：「多謝師兄當年沒有跟我點破，否則我今日就不可能證道。」

如這則公案所說，我所明白的，不同於你所明白的。這麼說來，個體化不是自己的責任嗎？但若是沒有前人的教導，我們很可能永遠都會被文字與儀式給擋在外頭，陷入困惑之中。這麼說來，難道個體化只靠自己就能完成嗎？

這是為什麼書裡出現了巫師，也出現了女巫。他們兩人都是布莉達的導師，並在不同層面啟迪了布莉達，讓她能夠重新發現自己的恩賜。從象徵的角度來說，之所以需要兩位導師，是因為完整需要兩極（opposites）的彼此配合。布莉達在女巫薇卡的人身上認識了自己的過去，又從巫師身上學到了愛。易言之，女人讓布莉達認清了自己的本質，而男人則讓她認識了愛，這是為何她最終獲得了女巫的資格，因為不同性別的導師讓她認識了自己原先截然相反的對立面。

但多數的人既不認識愛，也不認識自己，這正是我們感到孤獨的原因。易言之，我們對內在的世界缺乏瞭解。而魔法正如書中所說，就是這座橋樑。但人若不能臣服於黑暗，就無法知悉魔法的奧秘。但請讀者務必牢記，真正重要的並非魔法本身，而是那個向你展示魔法的人。

能對大自然保持靜默，對孩童熟睡的臉龐發出讚嘆，對世界的失序帶著憐憫之情，始終願意參與人間喜怒哀樂，有著這樣與那樣缺點的人，才是一個真正理解魔法的人。這也是為何作者會引聖保羅的話說：「你們中間若有人，在這世界自以為智慧，倒不如變做愚拙，好成為有智慧的。」我認為那樣的人即便不懂魔法，也用生命活出了比魔法更崇高的東西。

我在閱讀本書的時候一再被內容給觸動。我可以肯定地說，這是一篇高度具有內在意義的作品。但有一點需要特別對讀者說明的，是布莉達與巫師的關係。

首先，我們必須承認，個體化有時是背德的。對已經有著深愛男友的布莉達來說，她和巫師之間有過的一夜情無論如何都很難理解。榮格以為，倫理善惡是意識層次的判斷，它往往跟潛意識無涉。這個答案或許很難接受，但事實如此。自性重視的是如何重獲完整，因此它意味著我們有時必須挑戰常規。這是每個完整之路的旅人都得面對的兩難，照著期待而活雖然可以很輕鬆，但人卻會因此失去自我。這是我們理解這段關係的第一個方式。

第二，從象徵的角度而言，巫師明顯代表著女性內在的阿尼姆斯（animus），也就是女人內在的男性。他是知識、是精神、是思想的導師。唯有如此，我們才能明白為何巫師會在分別之際告訴布莉達：「我知道妳是我的靈魂伴侶，妳會教我所有我需要的東西。」因為巫師就是布莉達內在的一部分，這是一場內在的神聖旅行，而他們之間的愛同時解救了受困的彼此。這是我們理解這段關係的第二個方式。

所有為愛痛苦的女性，解答就在這裡。

你若不能愛在你內在的男性，即便遇見對的人，你也會像布莉達那樣感到懷疑。你若害怕跟隨內在的男性走入黑夜，你就永遠無法學會該如何辨識自己的靈魂伴侶。總有一天你會明白：除非學會自愛，否則我們將永遠找不到可以愛的人。

但男性讀者不要忘了，作者也是一位男性。這不啻意味著，不論男女，我們內在都有一個布莉達，一個女人的靈魂。她渴求著指引，渴求著與人類導師有所聯繫，她是我們之所以能夠通神，之所以能夠觸及完滿的橋樑與原因。因此不論你是什麼性別，都可以在這本書裡找到有益於你的知識。思前想後，我發現自己從未見過如此充滿寓意，能對兩性同時帶來啟發的作品。這無疑是一本給所有內在旅人的成長之書！

文章最後，我想跟你分享的是，神已經在萬物中留下了祂的姓名，那姓名有千百萬個不同的稱呼。找到你能辨識出來的，尊重你無法辨識的。黑暗將教會你每一件事，但愛必須在他人的身上落實和找尋。個體化的旅人永不該忘記這兩件事。

然而，翻開這本書的你，或許早已走在這條路上了。

鐘穎

藍小說 331

少女布莉達的恩賜

作　　者—保羅．科爾賀
譯　　者—陳佳琳
編　　輯—黃子萍
美術設計—蔡怡欣
內頁排版—邵麗如
總 編 輯—嘉世強
董 事 長—趙政岷
出 版 者—時報文化出版企業股份有限公司
108019臺北市和平西路三段二四〇號三樓
發行專線—（〇二）二三〇六六八四二
讀者服務專線—〇八〇〇二三一七〇五．（〇二）二三〇四七一〇三
讀者服務傳真—（〇二）二三〇四六八五八
郵撥—一九三四四七二四時報文化出版公司
信箱—（一〇八九九）臺北華江橋郵局第九九信箱
時報悅讀網—http://www.readingtimes.com.tw
電子郵件信箱—liter@readingtimes.com.tw
法律顧問—理律法律事務所　陳長文律師、李念祖律師
印　　刷—勁達印刷有限公司
初版一刷—二〇二二年十月七日
初版二刷—二〇二三年五月十七日
定　　價—新臺幣三六〇元
（缺頁或破損的書，請寄回更換）

時報文化出版公司成立於一九七五年，
並於一九九九年股票上櫃公開發行，於二〇〇八年脫離中時集團非屬旺中，
以「尊重智慧與創意的文化事業」為信念。

少女布莉達的恩賜/保羅．科爾賀(Paulo Coelho) 著；陳佳琳譯．–
初版．– 臺北市：時報文化, 2022.10
面；　公分．–（藍小說；331）
譯自：*Brida*
ISBN 978-626-335-702-0（平裝）

885.7157　　11010760

ISBN 978-626-335-702-0
Printed in Taiwan